冷徹社長がかりそめ旦那様になったら、溺愛猛獣に豹変しました

marmaladebunko

あさぎ千夜春

JN042465

マーマレード文庫

目次

冷徹社長がかりそめ旦那様になったら、溺愛猛獣に豹変しました

冷徹社長がかりそめ旦那様になったら、溺愛猛獣に豹変しました

一章　アップルパイと抱き合わせ結婚!?

岡村美都《おかむらみんと》は、極度の緊張状態で社長室のドアの前に立っていた。

胸の中では、バクン、バクン、と心臓がありえない速度で跳ね回り、今にも口から飛び出しそうだ。

「はぁ～……」

深呼吸を繰り返し、何度もドアをノックしようと手を伸ばすが、恐ろしくなって引っ込める。ただ無常に時間が過ぎていく。

(助けて天国のお父さん、お母さーんっ!)

両親が亡くなって二十年近く、下町でケーキ屋を営む父方の祖父と祖母に育てられ至極真面目に生きてきた。大学卒業後には輸入菓子メーカーの『ル・ミエル』に入社し、三年と少し、地味ではあるが実直に仕事もこなしてきたはずだ。

(なのに、なんで庶務課の私が社長室に呼び出されるの……!)

正直いって呼び出される心当たりがまったくないのだ。本当にわけがわからない。

ちなみに美都は、月曜日から有休を使い、同じ職場の友人である千絵となかなか予約が取れないと評判のリゾートに遊びに行っていた。水曜日に東京に戻ってきて、そのまま自宅には戻らず出勤したのである。

いつものように朝礼を終えたところで、妙におどおどした課長に呼び出され、

「社長室に行ってくれるかな」

と言われたのだ。

もちろん美都は「なぜ？」と理由を尋ねたが、課長も「わからない」と首を振った。

【庶務課の岡村美都を社長室に来させるように】と一方的な通達があったらしい。

恐ろしくなった美都は、課長に『社長室までついてきてほしい』と言ったら断られてしまった。

「いや……うち、マンションのローン残ってるから……」

課長は蚊《か》のなくような小さな声でささやいた。ずいぶんな理由だ。

「ええっ……！」

そんなことで部下を見捨てないでほしいと粘ったが、無理だった。

月曜、火曜日と連休を取ったのがまずかったのだろうか。

だがル・ミエルは福利厚生が手厚く、社員の有休消化率もかなり高い。平日に有休を取って旅行に行く者も少なくはない。しかも今は繁忙期でもない。会社には迷惑を

かけていないはずだ。

(ローンが残ってるからって……なんなの、その理由！　もう課長にはお土産渡さないんだからね！)

触らぬ神に祟《たた》りなしと言わんばかりの課長の態度に腹を立てながら、美都はぎゅっと左手を握りしめる。

(ああもう、ここに立ち尽くしていても、仕方ないし……よし、行くぞっ！)

「岡村美都です！　失礼します！」

大きな声で名を名乗り、ドアノブに手をかけようとした瞬間、ガチャリと内側に向かってドアが開いて、美都はバランスを失ってしまった。

「きゃ────！」

ボスン……。

前のめりに倒れた美都は、大きななにかに正面からぶつかった。

「……なかなか積極的だな」

地響きに似た低い声が頭上から聞こえる。

「え？」

顔を上げると、恐ろしく整った顔の男が、おおよそ人の意思を感じさせないような真顔で美都を見下ろしていた。

(ひっ……!)

街を歩けば、たいていの女子は振り向くレベルの男前といえばわかるだろうか。若干目つきが鋭すぎるが、精悍《せいかん》な顔立ちをしたかなりの美形だ。左目の目尻にホクロがあって、それが妙に色っぽい。

彼こそが美都の勤めるル・ミエルでは『愛想なし男、不愛想アンドロイド』と陰口を叩《たた》かれているル・ミエルの社長、旗江《はたえ》高虎《たかとら》その人だった。

「……しゃっ……社長」

「今後もその調子でよろしく頼む」

彼の声はかなり低い、バリトンだ。長身ゆえの低音ボイスは、若干声フェチなところがある美都をドキリとさせたが、言っている意味がわからず、首をかしげる。

「あの……よろしく、とは……?」

社長になにか仕事を頼まれていただろうかと、考え込んでいると、その次の瞬間、美都の肩に高虎の大きな手が乗り、ぐっと体が近づいた。

ぼーっと、近づいてくる高虎の顔を見ていた美都だが、

(えっ、いくらなんでも近すぎじゃ……?)

そう思った瞬間、顎《あご》をすくい上げられ、唇が重なっていた。

(え……え……ええ……)

キスだ。

キスだった。誰がなんと言おうとキスだった。

次の瞬間、中学生の頃、ソフトボール部のエースで四番だった美都のフルスイングビンタが炸裂《さくれつ》した。腰の入った気合のビンタだ。

「いやぁぁぁぁぁぁあ――――!!!!」

「……っ!」

百九十センチ近い高虎が、頬を打たれた拍子に、ふらつきながら後ずさる。

「な、な、な、なにするんですか!? セクハラなんて最低ですよ!」

美都は真っ赤になりながら、高虎を糾弾《きゅうだん》する。

いまだかつてセクハラとは無縁に生きてきた美都ではあるが、まさか勤め先の社長にこんな狼藉《ろうぜき》を働かれるとは思っていなかった。

「本当に、本当に、やっちゃいけないことですよっ!」

すると高虎は、ぶたれた頬を手のひらで撫《な》でながら、鋭すぎる目を細めて怪訝《けげん》そうに美都を見下ろした。

「案外堅いんだな」

「はぁ!?」

堅いとはどういう意味か。確かに過去に付き合った男はたった一人だが、それでもこの場合、どんな女だって怒るに決まっているではないか。

美都は雇われの身分であるということを忘れて、大声で叫ぶ。

「どんな女だって、普通は怒ります!」

「夫婦になるのにか?」

「フーフになるでもですっ……ええっ!?」

今、彼はなんと言った?

美都はショックで怒りを忘れ、あっけにとられてしまった。

「フーフ……夫婦……?」

「夫婦だ。適法に婚姻した男女のことだ」

「いや……夫婦の定義はわかりますけど……は?」

夫婦になる?

これはなんの冗談だ。

(ドッキリ……?　会社ぐるみでなにかの企画?)

美都はむにゅっと自分の頬をつねりながら、社長室の中をぐるっと見回す。

だがいつまでたっても「ドッキリだよ！」のプラカードを持った課長は出てこないし、相変わらず鉄面皮の社長は、真顔で美都を見下ろしている。

「まぁ、いい。了承はもらっているからな」

高虎は軽くため息をついたあと、相変わらずぽかんとしている美都の顎先をつかんで、自分のほうに向ける。

「お前はもう、俺のものだ」

彼の端整な頬は、美都のフルスイングビンタを受けて、赤く腫《は》れ上がっている。それでも妙に堂々としていて、鋭い目つきは完全に獲物を狙う肉食獣だった。

（く……食われる……！　頭から、食われる……！）

美都はじりじりと後ずさり、逃げた。

気がつけば無言で、社長室を飛び出していた。

（了承ってなに！　誰が了承するって言うのよ、これはなにかの、間違いよ、絶対に、なにかの間違いよー！）

勤務後、自宅に戻った美都は、ちゃぶ台でお茶を飲む祖父母の前に正座して詰め寄った。

「おじいちゃん、おばあちゃん、お話があるんですけど」

孫のシリアスな表情に、祖父である岡村昭二《しょうじ》はサッと目を逸《そ》らす。明らかに怪しいことこの上ない態度だ。ちなみに祖母の雪子《ゆきこ》はウフフと笑いながら、美都の前にお茶を並べていた。

（ふたりとも心当たりがあるって感じ……。攻めるならおじいちゃんだな）

社長室で高虎は『了承はもらっている』と言った。あの発言からして、祖父母がこの件にかかわっているのは間違いないだろう。

「おじいちゃん」

「やー、美都、旅行は楽しかったか～？　そういやお肌ツルツルじゃないか。温泉効果ばっちりだ、よかったな～！」

「うちの社長が、なぜか私と結婚するって言ってるんですけど。なにか知ってるんじゃないの？」

「……」

昭二はすい～っと視線を逸らして、口笛をふいた。ごまかし方が下手すぎる。

「おじいちゃんっ！」

ぱしんとちゃぶ台を手のひらで叩くと、昭二は短く刈った白髪頭をぽりぽりとかいて、肩をすくめる。そして観念したようにはぁ、と大きなため息をついた。

「……うちのアップルパイを全国に売りたいんだと」

「は？」

祖父のアップルパイは、五十年間売れ続けている超人気のスイーツであり、同時に『OKAMURA』の看板商品である。

だがアップルパイと自分の結婚と、どういう繋《つな》がりがあるというのだ。

「話が繋がらないんですけど」

「美都が旅行に行ってる時に、社長さんがうちに来たんだよ」

いい加減、誤魔化しきれないと思ったのだろう。昭二がゴシゴシと首の後ろを撫でながら、ようやく重たい口を開き始めた。

「えっ、社長がうちに!?」

自分が友達と旅行に行っている間にそんなことがあったとは驚きだ。耳を傾ける姿勢になった美都を見て、昭二はほっとしたように笑顔になった。

「そう、んでまぁ話を聞いたらなかなか話せる男でな。これはまかせてもいいかもしれないなと思ったんだ。しかもかなりのイケメンじゃねぇか。独り身だって言うからついでに『うちの孫をもらってくれたら、レシピなんてただでやるよ』って言ったら『ぜひ』ってなってなー、そのまま流れでワハハ！」

やはり身内の犯行だった。

「ワハハじゃないでしょ……」

美都はめまいを覚え、崩れるようにちゃぶ台にうつ伏せになる。

どうやら自分はアップルパイと一緒に、高虎のものになってしまったらしい。

（っていうか、社長も『ぜひ』じゃないでしょー！　なについでにお嫁さんもらってんのよ、馬鹿なの⁉）

普通なら、常識外れな提案だし冗談で終わる話のような気がする。

だがあの社長なら、十分やりそうだと美都は思ってしまったのだった。

ル・ミエルは、旗江高虎が大学生の時に立ち上げた輸入菓子会社で、主な取引先はヨーロッパとアメリカである。学生起業と侮《あなど》るなかれ、ル・ミエルは創業十二年ですでに資本金八千万を超え、神戸に支社を持ち、高層ビルの三階に本社を構える輸入菓子会社の大手なのだ。

そして今、『ＯＫＡＭＵＲＡ』のアップルパイを販売したいと言ってきたということとは、輸入菓子だけではなく、自社製品で勝負をかけたいという目論見があるからで、孫目線ながら、なかなか目の付け所がいいと思わざるを得ない。

だがそれとこれとは話が別だ。

社長室でされたキスのことを思い出し、顔がカーッと熱くなった。

(全然モテないならまだしも、引《ひ》く手数多《てあまた》のくせしてなんなの、あの人!)

高虎は現在三十二歳の働き盛りで、見た目が恐ろしく整っており、しかも成功している会社の社長である。

社内で彼が『愛想なし男《お》、最高品質の不愛想アンドロイド』と呼ばれているのは、彼が会社を成功させることにしか興味がないからだ。会社の飲み会に来たことは一度もないし(お金だけは援助してくれるので、その点は逆に喜ばれてはいる)、社内では笑ったところなんか、誰も見たことがない。

東京本社には三十人ほど勤めているが、おそらく個人的な会話をした人間は一人もいないのではないかという、そんなレベルだ。

だが世の中にはいろんな女性がいる。愛想がなくてもオーケーという人はたくさんいるはずだ。

むしろ旗江高虎のような男を『寡黙で素敵!』と思う人もいるだろう。

けれど自分は違う。

そばにいるなら、無口な人よりも一緒にいて楽しい人が好きだ。社長と結婚なんてとても考えられない。

「ほんとにもう、なんで……」

べそべそと嘆く美都に向かって、昭二は軽く肩をすくめる。

「いいじゃねぇか。お前彼氏もいねえし。出会いないって騒いでるわりには、積極的に自分から探す気配もねぇし」

「グッ……そうだけどぉ……」

まっすぐな正論に若干へこんだが、社長のことを一度だってそんな風に見たことがなかったので、美都は戸惑うばかりだった。

「まぁ、勝手に話を決めたのは悪いけどよ。俺と雪子さんだって、あと何年生きられるかわかんねぇんだぞ。安心しときたいんだよ、俺たちはさ」

その不吉な言葉に、美都は驚き顔を上げた。

「そっ……そんなこと言うの……やめてよ！　おじいちゃんもおばあちゃんも元気じゃない！」

「だけど俺たちはお前より先に、死ぬんだぞ」

昭二はさっぱりとした表情でそう言い放つと、真面目な表情で、今にも泣き出しそうになっている美都を正面から見つめた。

「心残りは、美都のことだけなんだ。お前のことだけが心配なんだよ」

「……それは、わかってる、けど……」

美都は両親が早くに死んで、兄弟もいない一人っ子だ。十年二十年さき、なにかあった時に頼れる親戚がいるかというと正直思いつかない。

最初はめんくらったが、昭二からしたら、見込みのある旗江高虎を孫の相手に選んだだけ。言ってしまえば昔からよくある、親戚が持ってきたお見合いみたいなものなのだろう。

（でも、だからって……うちの社長って……）

どうにも気持ちを消化できず、ぎゅっと唇を嚙《か》みしめる美都に、初めて祖母の雪子が口を開いた。

「なにも今すぐ結婚しろって言ってるわけじゃないのよ。アップルパイのことは昭二さんと旗江さんの仕事。そして美都が旗江さんとお付き合いするかどうかは、別問題なんだから。あくまでもきっかけよ。だから、ゆっくり考えてみたらいいわ」

雪子は理路整然と問題を整理し、そして美都と向き合う。

「そうだな、雪子さんの言うことに間違いはねぇ」

昭二はデレデレしながら、隣に座る妻を見て眼を細めた。昭二は大変な愛妻家なのだ。

「おばあちゃん……」

「それにしても、美都が出ていったら、久しぶりにまた二人っきりだなぁ。へへっ……」

まんざらでもない祖父の表情に、美都は眉をきりりと上げる。

「おじいちゃん！　まさかおばあちゃんと二人きりになりたいから、嫁に出そうと考えたわけじゃないでしょうねっ⁉」

その瞬間、昭二はビクッと大げさに体を震わせた。

「なっ、なに言ってんだよ、オメェ……んなわけねぇだろっ！」

「怪しい……。だって、いきなりすぎるし。怪しい……。あ、そもそも、働いてる私を盾にとられたとか、そういうことがあったんじゃないの？」

「なんだよお前、疑ってくるなぁ！」

「そりゃ疑うよ。なにか裏があるんじゃないかって思って当然でしょ？」

思わずジト目になる美都である。

すると口では勝てないと思ったのか、

「雪子さん、言ってやってくれ！」

昭二は即座に、隣に座っている妻に助けを求めてしまった。

祖母は絵に描いたような日本のお母さんであるが、長年『ＯＫＡＭＵＲＡ』を支えてきた芯のある強い女性なのだ。柔和ではあるがキリッとした様子で、美都に語りかける。

「そんな理由で昭二さんが大事な孫とアップルパイを渡すわけがないでしょう」

「そうだぞ、美都。俺は、あいつが甲斐性《かいしょう》がありそうだから提案したんだからな。そうじゃなかったら大事な孫娘もアップルパイもやれるもんかよ」

昭二が体の前で腕を組み、うんうんとうなずく。

なんだか微妙に誤魔化されている気もしないでもないが、仕方ない。

過去、ＯＫＡＭＵＲＡとコラボして菓子を販売したいと言ってきた菓子メーカーはあったが、祖父はすべて断っているのだ。今回オーケーしたのは、やはり高虎のプレゼンが優れていたからなのだろう。

実際、彼は有能な男なのだから――。

（とりあえず社長ともう少し話してみるしかないか……）

美都は今日何度目かわからない、大きなため息をついたのだった。

翌朝、美都はいつもより二時間早く家を出た。

当然オフィスには誰もいなかった。がらんとした空気の中、そのまま社長室に向かう。社長室はフロアの一番端にある。いつもは始業三十分前に出勤する美都だが、社長である高虎が自分より遅く来るところは見たことがない。噂《うわさ》によると一時間早く来る社員よりもさらに早いらしい。

だから話をするために二時間も早く出社したのだ。

重役出勤という言葉もあるのに、高虎は真逆をいっている。努力を怠《おこた》らない人なんだなと感心しつつ、意を決してドアをノックした。

「おはようございます、岡村美都です」

しばらく待ったが、ドアの向こうから返事はなかった。

「社長?」

もしかして早すぎたのだろうかと、何の気なしにドアノブを回して中を覗《のぞ》き込《こ》む。

「……ひゃあっ!?」

驚いて、思わずよろめいた。

なんと床に大きな男が仰向けに倒れているのだ。

もちろんその男は、旗江高虎その人である。ジャケットの上着がソファーに乱雑に置かれ、カットソーとストレッチパンツというカジュアルな姿で床に転がっていた。

「しゃっ、社長！　大丈夫ですか！」

美都は慌てて社長室に飛び込み、持っていた荷物を放り出すと、ぐったりとして目を閉じたままの高虎の上半身をつかんで、力任せに抱き起こしていた。

「社長！　しっかりしてくださいっ！」

高虎のことは、デカくて美形で、威圧的で、さらにいきなりキスするような頭のおかしい男だと認識していたが、さすがにそんなことも美都の頭から吹っ飛んでいた。

「社長！」

「ん……」

高虎は美都の呼びかけに応えるようにうめき声を上げ、ゆっくりと瞼《まぶた》を上げる。

「社長、どこか悪いんですか!?　救急車呼びますか!?」

美都は半分パニックになっていた。目の前で大の大人が倒れているのだ。冷静ではいられない。

「社長、なんとか言ってくださいっ……！」

半泣きになっていると、そのまま高虎の手が美都の頬に伸びてくる。

「……目覚めのキスか……やはり積極的だな……」

「は？」

（この人はなにを言ってるの……？）

呆然《ぼうぜん》としていると、床に手をついて上半身を起こした高虎の顔が近づいていた。

あっと思った瞬間、美都の唇がふさがれる。

ひんやりとした冷たい唇の感触に、美都はまた目を見開き、

「ひゃっ！」

と、叫んで高虎から手を離し、逃げるように距離をとった。

「げっ、元気じゃないですか！　倒れてるのかと、焦ったんですよ！」

「……寝ていただけだ」

高虎はくしゃくしゃと黒髪をかき回す。

「床で⁉」

「最初はソファーで寝てたはずなんだがな……」

高虎は猛獣じみたあくびをしながら立ち上がり、首や肩をゴリゴリと回した。ボキ

ボキと変な音がして、美都は目を丸くする。どうやら社長室に置いてあるそれなりに立派な応接セットは、高虎のベッドとして使われているらしかった。

（なんて紛らわしい……！）

一瞬泣きそうになった自分が馬鹿みたいだと思ったが、高虎にそれを言うのも恥ずかしく、美都は無言で唇を尖らせる。

「シャワー浴びてくる」

「そうですか……どうぞ。待ってます」

シブヤデジタルビルに入っているのは基本的に若い企業ばかりだ。都の補助もあり、フロアにはシャワーもついている。美都は呆《あき》れながら、社長室から出ていく高虎の広い背中を見送った。

（それにしても……もしかして社長……ここに寝泊まりしてる？）

毎日というわけではないだろうが、その可能性は高そうだ。手持ち無沙汰《ぶさた》なのでとりあえずソファーに腰を下ろして待っていると、ソファーの下にペットボトルやコンビニ弁当のゴミが落ちているのを発見した。

「いやっ！　なんなのー！」

美都はかなりの綺麗《きれい》好きである。キーッとなりながらゴミをかき集めていると、十分ほどで新しい服に着替えた高虎が戻ってきた。ほんのり肌が濡《ぬ》れていて、髪も適当に乾かしたらしく毛先も乾いていない。正直に言ってしまえばずぼらなのだろうが、妙にセクシーに見えてしまうのは彼の容姿がよすぎるせいだろう。

彼は涼しい顔で戻ってきて、複雑な心境でゴミを集めている美都を見下ろした。

「ゴミはゴミ箱にって習いませんでした？」

精一杯の嫌味を込めて尋ねたが、

「朝飯買いに行く時にちゃんと捨てる」

と、返されてしまった。

「いやそういう問題じゃなくて……っていうか、朝も夜もコンビニなんですか？」

「昼もコンビニだ。それぞれ店は変えてるから、飽きない」

「へぇ……って、そういう問題じゃなくて！」

もはや目の前の男が勤め先の社長であるとか、そんなことはまったく頭から吹っ飛んでいた。

学生の頃ならいざ知らず、それなりの会社の社長なのに生活能力がゼロというのはいただけない。

「コンビニもたまにならば悪くないですけど、そんな生活じゃすぐ死にますよっ」

美都は自分のサブバッグを差し出していた。

「これ朝ごはんに食べてください！」

中身は美都のお昼のお弁当である。毎朝自分で詰めているものだ。

「え……」

「ほら、早くっ」

美都は眼を丸くする高虎にサブバッグを押しつけると、ゴミの袋を握りしめ、キリッとした表情を作った。

「ゴミ捨ててお茶淹《い》れてきます。ごはんはよくかんで食べるんですよ」

「――わかった」

そこで初めて、美都は高虎の素の表情を見たような気がしたのだが、完全に頭に血が上っていて、さして気にも留めなかった。

（まさかうちの社長があんな生活してただなんてね……）

ゴミを分別して捨てたあと、給湯室で来客用の煎茶《せんちゃ》を淹れる。今まで社長などドアの何枚も向こうにいる偉い人という感じで、ほとんど気にしたことがなかったが、ここまで生活能力がない男だとは思わなかった。

ル・ミエルは社長でもっているのだから、倒れられて困るのはこっちのほうだ。

「よくあれで会社がうまくいってるよね……不思議だわ」

首をひねりながらお茶をお盆に載せて、社長室に戻ると、高虎がソファーの上で美都の手作り弁当を凝視しているのに遭遇した。

彼が弁当箱を持つと、美都の赤いお弁当箱はやたら小さく見える。

「なにか嫌いなものでもありましたか？」

「……あ、いや。なんでもない。いただきます」

「どうぞ」

美都はローテーブルの上にお茶を置いて、そのまま窓際へと移動する。

自分が見ていては食べづらいだろうと、思ったのだ。

そしてしばらくぼんやりと窓の外を眺めていると、背後で「ごちそうさまでした」

という声が聞こえた。

「いえ、お粗末様でした」

お弁当箱を受け取ろうと高虎の元に戻る美都に、

「……で、入籍はいつにするんだ」

高虎はいたって普通に、さらりと問いかけてきて仰天した。お弁当からの入籍トークに、温度差がすごすぎてついていけない。

「にゅっ、入籍!?」

「しないと結婚したことにはならないだろ」

相変わらずの鉄面皮だ。

高虎は真顔で美都を見つめる。

(そうだった。床で寝てる社長に驚いて脱線しちゃったけど、その話をしに来たんだった！)

美都はパニックになった自分に呆れながら、お弁当箱をしまって高虎の隣に腰を下ろした。

「えーっと、その話なんですけど……。アップルパイのために無理して結婚なんてしなくてもいいんです。私のこと抜きにして、アップルパイのお話だけ進めてくれたら十分です。祖父にもちゃんと伝えておきますから、安心して――」

「無理はしていない」

「え……？」

きっぱりと言い放つ高虎に、美都は真顔になった。

「もしかしてお前には、俺のリサーチ不足なだけで、どこかに決まった男がいるのか？」

「いっ、いませんよ」

まさかリサーチされているとは思わなかった美都は首を振る。

「じゃあ俺が嫌いなのか」

どこか不満そうに眉を寄せる高虎に、美都はますます混乱した。

「えっ……!? いや別に、そんな、えっと、その、あの……そんなことはないですけど……」

嫌いもなにも、今まで意識してなかっただけなので、嫌いになる要素がない。

むしろ仕事人としては尊敬している。確かにいきなりキスされてびっくりしたが、高虎は海外の大学を卒業していると噂で聞いたことがあるので、きっと過剰なスキンシップの延長だろうと自分を納得させようとしていたのだが――。

「だったら問題ないな」

ふっと表情を緩める高虎に、美都は唖然《あぜん》としてしまった。

「いやいや……ちょっと待ってください。そんな急すぎて、私……正直全然ついていけません」

「ふむ……」

すると高虎は軽く顎のあたりを指で撫でたあと、「わかった」とうなずいた。

ああ、ようやくわかってくれたのかと一瞬だけホッとしかけたところで、

「要するに、お前が俺を好きになったら即結婚ってことでいいな」

と、高虎はあっさりと言い放った。

「えっ？」

「岡村」

「は、はいっ？」

体に響くような低音ボイスに背筋を伸ばす。またいったいなにを言われるのかと身構えていたら、

「ここから歩いて十分のところにマンションを借りてる」

彼はジャケットのポケットからキーケースを取り出して、美都に鍵を渡した。

「地図はあとでメールで送る」

あまりにもスムーズに差し出されたから、ノリでつい受け取ってしまった。

（……まさかこれ、部屋の鍵？）

「あ、あの、社長……！」

これはまずい展開だと、慌てて返そうとしたのだが、それと同時にドアが外からトントンとノックされた。

「社長、ちょっとご相談したいことがあるんですが、よろしいですか?」

声の主は営業部の部長だった。

「ああ、入ってくれ」

社長はあっさりとドアのほうへと向かう。

(えぇーっ、話これで終わりっ!?)

焦ったが、ここでこれ以上込み入った話をするのは難しそうだ。

「失礼します……」

美都は謎《なぞ》の敗北感に包まれながら、部長と入れ違いに呆然《ぼうぜん》と社長室を出て行ったのだった。

二章　新しくて甘い関係

社長のマンションの住所は、お昼休みを過ぎた頃に社内メール宛てに送られてきた。まさかと思ってメーラーを何度か閉じたり開いたりしたが、当然消えたりはしなかった。

残念ながらこれは現実らしい。

（本当に住所が送られてきたし……これってもう行かなきゃいけない感じ……？）

美都はコンビニで買ったおにぎり片手に、手の中に握りしめている鍵を何度も見つめる。正直頭が痛い。

そもそもこの鍵にどういう意味があるのか、美都にはまったくわからない。

（さすがに会社では話しづらいから、家でってことかな……？　たぶんそういうことだよね）

このまま逃げ出したい気分だが、鍵は社長が自分のキーケースから取って渡してきたものだ。となるとスペアではない可能性がある。

自分が家に帰ったら、社長は自分の家に入れなくなってしまう。

(ああっ、なんで受け取ったの、私のバカバカバカッ！)

パソコンを前にひとり頭を抱えて苦悩していると、

「どうしたの、ミンミン。難しい顔しちゃって」

「あっ、千絵《ちえ》……なんでもないよ。ちょっと……頭が痛くって……ハハ」

通りすがりに、まるでセミでも呼ぶように声をかけてきたのは、営業部所属の、旅行にも一緒に行った千絵だった。

千絵は美都と同期で、入社した時からウマが合う友人の一人だ。コンビニ帰りらしく、お弁当が入ったビニール袋を持っている。

「具合悪いの？　珍しくお弁当じゃないし」

美都の手にあるおにぎりを見て首をかしげた。

「あーうん、大丈夫。えっと……知恵熱みたいなものだから」

美都はあはは、と渇いた笑いを上げながら、肩をすくめた。

「ふうん、ならいいけど。ほら、飴《あめ》ちゃんあげるから元気だしなよ」

千絵はバッグの中に手を入れると、大量のお菓子の中から飴をつかんで美都の前にザラザラと落とす。もちろんル・ミエルが扱っている商品だ。

「ありがとう」

もらったミルクキャンディを口の中に入れる。

しっかりとした甘さがあるが、後味がすっきりしている。そして食感もいい。

「む……ソフトキャンディ？　美味《おい》しいね、これ」

「でっしょー。これいろんな味出てさ、コーヒー、ミルク、レモン、パイナップル、オレンジ、ベリー。中でも一番のオススメはミルクなんだよね。んで、なんと百貨店のラウンド菓子に入れてもらうことになったんだ～。今月の社長賞の手ごたえ感じてるわ」

「うん、千絵ならいけるよ」

美都はお世辞抜きにコクコクとうなずいた。

ル・ミエルではその月にめざましい成果を挙げた人間に、社長賞が出るのだ。営業部が一番もらいやすいのは確かだが、過去に美都も『社内フォーマットの一本化』に成功したという理由で金一封をもらったことがあった。

「社長賞もらったら、飲みに行こうね。おごるし」

「やった～。楽しみにしてる」

うなずく美都に千絵はウフフと笑って、営業部の自分のデスクに戻っていった。

（そういえば、私も社長賞で、おじいちゃんとおばあちゃんを温泉に連れていったんだよね。ほんと、気前がいいなぁ、社長って……）

仕事はできる。だから当然社内の人間の信頼も厚い。それは間違いないのだが、どうも人間的な感情が希薄で、いまいち人物像がつかめない。

（アップルパイが手に入ればいいんじゃないの……？）

どうして彼は、自分と結婚しようと思ったのだろう。彼の部屋に行けばその話が聞けるだろうか。

こうやって気になっている時点でもう向こうのペースに巻き込まれているような気がしたが、仕方ない。

あのパーフェクトアンドロイドがなにを考えているのか、知りたかった。

そして就業後、美都は旗江高虎が住む高級マンションの部屋の前に立っていた。職場から徒歩十分程度の高層マンションだ。

「とうとう、来ちゃった……」

美都は鍵を握りしめたまま、ドアの前でゴクリと息を飲む。

社長室にゴミが散らかっていたことを思うと、この部屋も清潔であるということを期待できない。というわけで、途中スーパーに寄って簡単な掃除道具一式も買ってある。我ながら準備がいい。

「よしっ！」

気合を入れて鍵を開け、玄関に足を踏み入れたのだが、

「……あれ」

美都は目をぱちくりさせながら部屋の中を見回した。

てっきり足の踏み場もないひどい状況になっていると思ったのに、マンションの部屋はゴミ屋敷ではなかった。むしろ、ほとんどなにもなかった。ある意味肩透かしだ。

「あるのはキッチンの冷蔵庫と、パソコンと、ベッド……くらい？」

九十平米はありそうな、かなり広いワンルームだった。壁一面の窓に面した奥のほうは一段高くなっており、そこに大きなベッドが置いてある。大人が数人は眠れそうだ。家具らしい家具はそれだけで、テレビすらない。

わりとテレビっ子な美都は衝撃を受けてしまった。高虎は普段、いったいどうやって暇をつぶしているのだろう。

「……家でも仕事ばっかりしてるのかな」

そんなことを考えながら、部屋の真ん中に立つ。

フローリングの床はピカピカだ。ゴミ一つ落ちていない。仮に住んでいなくても、ホコリはつもるはずだが、どういうことだろう。

「もしかして彼女……とか……？」

彼女がいるのにアップルパイのために自分と結婚しようとしていたのなら心底軽蔑するし、さすがにそんな男ではないと思いたい。なにより、結婚しなくていいと自分が言っているのに、する気なのがおかしい。

「いや、そんなはずないよね……家政婦さんかな」

不思議に思いながら周囲を観察すると、部屋の隅にお掃除ロボットが設置してあった。丸いフォルムがスタイリッシュだ。

「あっ、いいなぁ～！　しかも最新式！」

掃除好きな美都のテンションが上がる。床の上に物がないのが大前提ではあるが、この部屋の清潔さは、きっとこのお掃除ロボットが一人で担っているのだろう。

「お前、がんばってるね。偉いよ」

お掃除ロボットに感心しながら、とりあえず持っていた荷物を床に置く。

「掃除の必要はないみたいだけど……」

となると時間をどうつぶしていいかわからない。

きっと社長の帰りは何時間もあとのはずだ。

悩みつつ冷蔵庫を開けると、ほぼ空だった。水とビールが入っているだけで、固形物がなにもない。彼と夕食をともにする予定はなかったが、このまま社長の帰りを待っていても、時間はつぶれそうにない。

「別に社長のためじゃないですからねっ……！」

言い訳がましく口にして、美都は改めてマンションを出てスーパーへと向かうことにしたのだった。

太陽が完全に落ちてから、つつましやかに、ガチャリとドアが開く音がした。

「あ、お帰りなさい！」

美都はきのこのポタージュの味見をしながら、玄関のほうに声をかける。

「キッチン用品は全部あるから助かりました。鍋とか、包丁とか、お皿とか。全然使ってないみたいですけど……全部もらい物って感じですね～って、どうしたんですか、それ！」

美都はあんぐりと口を開けて、キッチンの美都の前までやってきた高虎を見上げた。

「今、雨が降ってる」

なんと高虎はびしょ濡れだった。バケツをひっくり返して頭からかぶったとしか思えない、見事な濡れねずみだ。このマンションは気密性が高く、美都の耳には雨音が聞こえなかったらしい。

「いや、え？　傘は？」

「持ってない」

「持ってないなら買いましょうよ……それかタクシーとか」

「近くまで帰ってきてたんだ。で、降られたから乗れなかった」

高虎は高い鼻を歪《ゆが》ませて、クシュンと案外かわいらしいくしゃみをした。

「もう……私がここにいるって知ってたでしょう？　電話で呼んでくれたらすぐに迎えに行ったのに」

「は？」

美都の言葉に、高虎は目を丸くした。

「え？　なにか変なこと言いました？」

美都は首をひねりつつ、自分の前に立っている高虎を見上げて、バスルームを指差す。

「それよりお風呂入ってきてください。着替えないと風邪を引きますから」

「……わかった」

高虎は濡れた髪をかき上げながら、バスルームへと向かう。

「ていうか、鍵持ってたんだ……そりゃそうだよね」

美都はほんの数秒、お玉を持ったままキッチンに立ち尽くしていたが、とりあえず料理を進めるのが先だと、脳内を切り替えたのだった。

それから間もなくして、高虎が頭をタオルでゴシゴシと乾かしながらTシャツにスエットパンツ姿で戻ってきたのだが、美都が作ったテーブルの上の料理を見て目を丸くした。

きのこのポタージュとロールキャベツ、付け合わせにたっぷりの温野菜のサラダ。彩りの美しいメニューである。

なにを作ろうか迷ったが、普段コンビニ弁当ばかりの高虎のために、野菜多めを意識したのだ。

「これは……すごいな」

「もっと褒めてくれてもいいですよ」

半分照れ隠しもあって、わざとらしく胸を張ると、

「そうする」

高虎は至極真面目な顔でタオルを投げ捨て、両腕を伸ばし、美都の体を抱き寄せた。

「きゃっ！」

悲鳴を上げる美都の耳元に、

「明日にでも俺と結婚してくれ」

高虎は熱っぽくささやく。彼の吐息が耳に触れて心臓が跳ね上がった。

「な、な、なに言ってるんですか！」

高虎の低い声は、冗談とわかっていても美都を動揺させる威力が十分にある。耳元でささやかれただけで腰が抜けそうになってしまったのは隠しておきたい。

「そんなこといきなり言われて、じゃあしましょうっていうわけないじゃないですか！」

慌てて胸を押し返し、「さ、食べますよ」とテーブルにつき、鍋で炊いた米を山盛りによそって高虎に差し出す。

高虎はなにか言いたそうな顔をしたが、結局素直に椅子に座り、茶碗を受け取った。

だが相変わらずテーブルの上の料理をじっと見つめ、なかなか手をつける様子はない。

（どうしたんだろう？）

そういえばお弁当の時も、すぐに食べずに凝視していた気がする。

「もしかして食べられないものありましたか？　っていうか、もしかして手作りが無理とか……」

いくら衛生的に気をつけていたとしても、気持ちの問題で他人が作ったものが食べられないという人もいる。

良かれと思ってやったことだが、押しつけになってしまったのかもしれない。

そんな美都の不安な気持ちが伝わったのか、高虎は「いや、そんなことはない。いただきます」と首を振って唇を一文字に引きしめた。そして一口、スープを口元に運び、ほっとしたように「うまい」とつぶやいた。

「ほんとに？」

「ああ」

顔はいつもの不愛想社長だが、お互いの距離が近いせいか、穏やかな目をしているように見える。

威圧感しかない鋭い目つきも、冷たく感じる目尻のほくろも、あまり怖く感じなかった。

（おいしいって言ってもらえて嬉《うれ》しいな）

思わず顔がほころぶ。

「スープのおかわりありますから」

「ああ」

それから箸《はし》を進めだす高虎を見て、美都は胸を撫で下ろす。

（ほんとにもう……。でも、さっきは無表情でいきなり結婚しようなんて言うから、びっくりした……）

ごはんを作ったくらいで求婚されるとは思わなかった。

もしかしたら彼の突拍子もない行動はすべて冗談なのだろうか。

そうやって穏やかな食事の時間が終わり、向かい合ってお茶を飲む。

「ところでその、どうして私に鍵を？」

なんとなくなし崩し的に鍵を受け取り、食事まで一緒にとってしまったわけだが、なぜこういうことになっているのか聞いていなかった。

「一緒に住もうと思って」

「なるほど一緒に……って、ええっ!?」

驚きのあまり、持っていた湯飲み茶碗をあやうくひっくり返しそうになった。

こっちはなぜ『自分と結婚する気になっているのか』が気になって、話をしにきたつもりだったのに、高虎の中ではすでに『同居』が始まっているようだ。

いくらなんでも話が早すぎるし、お互いの認識の差に戸惑うばかりである。

「いやいや……えっ？」

目を白黒させていると、高虎がお茶をすすりながらちらりとこちらを見る。

「帰るのか？」

「はい。当然」

美都の答えに、高虎は眉を寄せた。

「……ここにいろよ」

今度は美都が眉を寄せる番だ。

「そんなこと言われても困ります。鍵、お返しします」

美都は預かっていた部屋の鍵を取り出そうと、バッグの中に手を入れる。

高虎はすいっと美都から目を逸らし、ベランダに続く窓に歩み寄り、カーテンを開けた。

「――せめて雨がやんでからにしたらどうだ」

「まだやんでないんですか？」

天気予報では雨が降ると言ってなかった。確かに高虎はずぶ濡れだったが、通り雨だろうと思っていた。

美都は結局鍵を返せないまま高虎の隣に立ち、窓の外を何気なく覗く。

その瞬間、稲光が目の前を走り、隣のビルに落ちた。

ドォォーン……！

落ちたのはこちらのマンションではないのだが、さすがにかなりの迫力である。

突然の地響きに似たような揺れに、

「きゃ――――！！！」

美都は絶叫し、とっさに隣の高虎にしがみついていた。

「……岡村？」

高虎がいきなり抱きついてきた美都を見て、驚いたように目を見開く。

「私雷が大っ嫌いなんです、死ぬほど怖いんですっ!!」

子供っぽいと言われても、美都は昔から雷が大の苦手だった。あまりにも恐ろしいので、自分の前世は、農作業中に雷に打たれて死んだ農婦だと確信しているレベルだ。

そして今でも雷が鳴る夜は、祖父母の間に布団を敷いて寝るのは、美都のちょっとした秘密なのだが、今はそんなことを言っている場合ではない。

雷は断続的に白く光り、近くに落ち続ける。

「きゃーっ!」

美都はガタガタ震えながら、高虎に必死でしがみついた。

「で? お前はこの雷の中、帰るのか」

高虎は、震える美都の肩に手を置く。

「なっ、なに言ってるの、そんなの無理に決まってるでしょ!」

美都が敬語を忘れて叫ぶと、

「だったら今晩はうちにいるしかないな」

それからシャッとカーテンを引く音がした。

「いやっ、ここ高いから雷落ちるー!」

「だが、この調子じゃ外には出られないだろ」

「ううっ……」

「それに、俺のほうが背が高いんだから、落ちるとしたら俺にだろう。だから岡村は安心だ」

「ううっ……ひぃ……っ」

その間も雷はすぐそばに落ちている。

カーテンの隙間から光がピカッと差し込んで、それからゴロゴロと音がして、ドォン！　と落ちるのである。

次第に恐怖で涙すら溢《あふ》れてきた。美都は泣きながら、高虎にさらに強くしがみつく。

考えてみれば、高虎に雷が落ちたらしがみついている自分も無事であるはずがないのだが、完全にパニックになっている美都はそれがわからない。

（雷が落ちるなら社長、雷が落ちるなら社長……！）

コクコクとうなずきながら、高虎にしがみつく腕に力を込めていた。


結局、震えが止まらずまるで使い物にならない美都の代わりに、高虎が美都の家に電話をかけた。

「今日からうちで一緒に住みます。――ええ、ご安心ください。ええ……はい」

（は……!?　今、なんて!?）

高虎のベッドの中で聞こえてきた声に、美都は耳を疑ったが、怒涛《どとう》の雷の連続攻撃にすぐに我を忘れてしまった。

ダウンケットをかぶり、うつ伏せになって目を固く閉じ耳をふさぐ。

（早く雷いなくなってーっ！）

「岡村」

あっさりと電話を終えた高虎が近づいてきて、ベッドの上の団子状態の美都の隣に座る。そしていきなりダウンケットをバッサリと剥ぎ取ってしまった。

「な、な、なにするんですかっ!?」

丸まっていた美都は慌てて体を起こし、ダウンケットを奪って頭からかぶる。

テルテル坊主のようになった美都を見て、高虎は一瞬黙り込んだが、

「話はついた。荷物はこちらに送ってくれるそうだ」

と、低い声で言い放つ。

「えっ……」

自分で選んでいいと言っていたのに、どんどん話が進んでしまっている。

もしかしてここにやってきたことで、祖父母には自分もその気があると思われたのだろうか。

(ありうる……)

自分のウカツさが情けないが落ち込んでいる暇はない。次の瞬間、また激しい稲光がさして、美都は「きゃあっ!」と両耳を押さえてうずくまる。

そうやってぶるぶる震えていると、

「雷が気にならなくなる方法があるぞ」

と、高虎が驚くような提案をしてきた。

「えっ、そんな方法があるんですか!?」

溺れるものは藁《わら》をもつかむとはまさにこのことだ。冷静な状態であればなんとなく予想がつく流れであるはずなのに、美都は高虎にしがみついて懇願していた。

「教えてくださいっ！」

その言葉にスイッチでも入ったかのように、高虎の鋭い目がさらに濡れたように輝く。次の瞬間、美都の体はゆっくりと背後に倒れ込んでいた。

「え？」

（なに、どうしたの？）

美都は、自分の肩をしっかりと押さえ、大きな体を近づけてくる高虎を呆然と見上げる。体を起こそうとしたが、動かない。

これではまるで、肉食動物に押さえつけられている小動物である。このまま喉笛をかみちぎられそうだ。

（これってまさか）

ゴクリと息を飲むと、

「俺に抱かれてる間に、朝が来る」

高虎はほんの少し唇の端を上げ、そのまま美都の額に、チュッとキスを落とした。

「あっ、だっ、だっ、ダメですっ！」

美都は足をジタバタさせながら優しく額から頬、首筋へとキスを落としていく高虎を止めようと叫ぶ。

「……なんで？」

美都の抵抗が想定外だったのか、不思議そうに高虎は尋ねた。

その顔は相変わらずの無表情である。

(なんでって……！　この人はちゃんと赤い血が流れてるわけ？)

美都は必死に高虎の胸のあたりを押し返しながら、首をぶんぶんと振った。

「こういうことは、ノリでしちゃダメなんです、好き同士じゃないといけないんですっ！」

「結婚だけじゃなくて、その前の段階でもそうなのか？」

心底不思議と顔に書いてある気がした。

「あっ、当たり前でしょ～……」

思わず力が抜けそうになった。

酔っぱらってしまってなんとなくとか、その場の雰囲気に流されてなんとなくだとか、そんな男女の始まりが世間に溢れていることは知っている。それを否定するつもりもない。大人同士であれば、本人の自由だ。

だが、自分はそういうのは落ち着かないのだ。

今時古風と思われるかもしれないが、そこだけは譲れない。

きちんと友達付き合いをして、少しずつ距離を縮めて、お互いの意思を確認してお付き合いをし、それからこういうことをしたいのだ。

そんなことをたどたどしく説明する。

なにが楽しくて自社の社長に己の恋愛観を語っているのだろうか。頭の隅っこで冷静な自分が問いかけるが、仕方ない。

「なるほど……」

高虎がわかったようなわからないような相槌《あいづち》をうつ。

「じゃあ早く俺のこと好きになれよ」

「無茶言わないでください。好きになれって言われて、いきなり好きになれるわけないじゃないですか……」

美都ははぁ、と大きなため息をついた。

自分勝手というか、秀で優れる者の傲慢《ごうまん》とでもいうのだろうか。この人はいまだかつて失恋なんて一度も経験したことないんだろうなと、美都は呆れるしかない。

「社長っ」

美都は表情を引きしめ、自分を押し倒す社長を下から見上げて、両手で彼の鎖骨のあたりに触れ、グッと押し返す。

しっかりとした体は筋肉に覆われ、体温が高いのか、熱い。だがそれは自分を心から欲して体を熱くしているわけではない。まかり間違ったって、そんな人に抱かれるわけにはいかない。

「とにかく無理強いはいけません。こういうことも、その先にある結婚も、双方の同意が必要なんです。社長はそうじゃないかもしれないけど、私は無理なんです」

怒っているのだぞという表情で、美都は高虎を見上げる。

そこでようやく、高虎は美都を押さえつけている手を離して、体を起こした。

「……わかった」

「わかってもらえてよかったです」

そうっと手を離したが、高虎は黙ってその場に座っている。普通なら気まずくなるはずだが、そんな気配もない。彼の頭の中で、なにかが高速回転している気配はあるがそれだけだ。

（ああ……まるで犬の調教師の気分だわ……。いや、社長は犬っていうよりも獣だけど……あ、名前が高虎だから、虎だ。虎よ）

だが次の瞬間。

「要するに段階を踏めということだな？」

耳を疑うような言葉が、高虎から発せられた。

（うん？）

鋭い眼差《まなざ》しに意志の強い光が宿る。

「段階……？」

思わず渋い表情になる美都に、

「俺はきちんと段階を踏んで、お前とセックスするし、結婚する」

「――はっ？」

きょとんとする美都に、

「まさかそれもダメだっていうのか」

と高虎が怪訝そうに首をかしげた。理解不能と顔に書いてある。それはこっちのセリフなのだが、うまく言葉が出てこない。

「だ、ダメっていうか……」

ゴニョゴニョと、なんと言っていいかわからず口ごもる美都に、高虎は厳しい表情で顔を寄せた。

「だとしたらそれはあまりにも利己的だぞ。俺はお前と新しい関係を築くために努力をすると言っているんだ」

「新しい関係……努力……」

「なのにお前は、他人の努力を最初から無駄だと拒むのか？」

「いや、そんなつもりは……ないんですけど……」

高虎の鋭い眼光に捉《とら》えられた美都は、魅入られたように彼の言葉を繰り返す。

「……要するに、社長は私と本気で結婚する気なんですか」

「最初からそう言ってる」

高虎はなにを言っているのかと、呆れたように軽く首をかしげた。

「俺はお前と結婚するつもりだったが、お前にはその気がない。だったら全力で口説いて、その気にさせるしかない」

眼光鋭い高虎の眼差しに、美都は息を飲むしかない。

（本気なんだ……）

まっすぐに自分を見つめてくる高虎の目には真摯な熱がこもっていて、彼が嘘《うそ》をついているとは思えなかった。

美都は大きく深呼吸して、それから目を伏せる。

「社長、今まで独身をとおしてきてたわけでしょう。なぜ結婚したいんですか」

「――タイミングだな」

少しだけ間を置いて、高虎がつぶやく。

「タイミング……」

あっさりした言葉に拍子抜けしそうになったが、逆にそれは彼の本心だと思った。

要するに相手は自分でなくてもいいのだ。たまたま仕事の延長で話が来たから、自分と結婚しようとしているだけ。

（それならまぁ、わからないでもないかも……）

今までは旗江高虎という男がよくわからないから、なにか裏があるのかと勘ぐっていた。だが自分に思い入れがないとわかれば、受け入れられる。

「なるほど……よく言いますよね、結婚はタイミングだって。なぜ私なのかって困ってたけど、そう言われたら納得です。別に私じゃなくてもよかったってことですよね」

しかも美都にはアップルパイという大きなアドバンテージがある。やはり祖父母の心証を良くしたいと思っているのかもしれない。

美都がうんうんとうなずくと、

「あ……」

高虎は一瞬なにかを言いたそうに口を開きかけたが、そのままつぐんでしまった。

そのちょっとした異変に気づかないまま、美都はダウンケットをぎゅうっと寄せながら考え込む。

(一緒に住むって、びっくりだけど、確かにそのくらいのことしないと、社長がどんな人かはわからなさそう。おじいちゃんもおばあちゃんも、社長のこと気に入ってたし。これもなにかのご縁……と思えば、とりあえずやるだけやってみるのもアリなのかな)

正直言いくるめられている気もしないでもないが、こうなったら仕方ない。とことん付き合ってみるしか解決の道がない気がした。

「わかりました。考えてみたら私、今彼氏がいるわけでもないし、好きな人がいるわけでもないし……社長の努力に付き合います。一緒に住みます」

美都の決断を他人が聞いたら、なんというだろう。千絵あたりは『なんなのそれ！』と大反対しそうな気もするが、とりあえずなんでも自分で考えて、行動して納得したい派の美都は、腹をくくった。

顔を上げると、高虎と目が合う。

彼は切れ長の目でまっすぐに美都を見つめていた。

「では俺とお前は一つ屋根の下、結婚を前提とし、なおかつ前向きに、双方が努力する関係になった、ということだな」

なんだか契約でも結ばされそうな雰囲気だが、結婚も契約のひとつだし、人間関係もこういった努力のすり合わせの連続に違いない。

「ええ。よろしくお願いいたします」

真面目に頭を下げると、そのまま体が抱き寄せられた。

「ひゃっ!?」

驚いて声を上げる美都を、高虎はギュッと抱きしめる腕に力を込める。

「美都」

また美声で名前を呼ばれた。

ぴったりと抱き合っているせいで、彼の声が体を通して地響きのように伝わってくる。だがその重低音からは、まるで愛《いと》しいものの名前を呼ぶような甘さがあるのだ。

（声フェチとしては……この社長の声は破壊力半端ない……！）

意識しまいと思っていても、心臓が口から飛び出しそうなくらいドキドキしてしまう。

（無理だ、心臓が壊れちゃうよ！）

好きでもなんでもないのにこの破壊力は恐ろしい。

「社長っ、そろそろ離れて……」

「お前も俺のこと、高虎って呼べよ。社長だなんて味気ないだろ」

「えっ、名前とか無理ですっ」

そんなご無体なと顔を上げると同時に、額のあたりにキスが降ってくる。

「キスッ？」

「コミュニケーションなくして距離が縮まるか？」

高虎の切れ長の目がまっすぐに自分を見ていた。

そしてようやく、気づいたのだ。

自分を見つめる高虎が、うっすらと微笑《ほほえ》んでいることに。

（アンドロイドより愛想がないはずの社長が、笑っている！）

人は失敗から学び、そして成長するという。

だから自分のようなそれほど賢くない人間は、日々トライ&エラーで生きているのだ。

だがこの男はどうだろう。失敗など経験せず、いつだって強引にマイペースに自分の道を切り開いていくのではないか。

学生の身分で起業し、一人で会社を大きくしたこの男の行動力は生半可ではないはずだ。もしかしたら自分は、この先すべてにおいて、彼に先手を打たれる気がしたが――。

(いやでも、社長だってすぐに飽きるかもしれないし……ね!)

突然、結婚やめたと言い出すことだってありうるはずだ。むしろその可能性が高い。だからこの目も、声も、自分を求める手も、本気にしてはいけない。

そう思うのに、彼の自分を見つめる目が妙に熱っぽい気がして、美都の鼓動はちっともおさまらないのだった。

風呂から上がると、脱衣所には高虎がコンビニで買ってきた新しい下着と、高虎のものであるらしい、Tシャツが置いてあった。下着を身につけ、Tシャツを頭からすっぽりかぶる。身長が百九十近い高虎のものなので、ミニワンピースのような格好になった。

「ひ、膝が出る……」

Tシャツの裾を引っ張ったが、太ももを隠せるほど長くはならない。

(雨の中買いに行ってくれたのは嬉しいけど、これはいくらなんでも恥ずかしい……かも)

だがここにいつまでも立っているわけにはいかない。

恥ずかしがるのは得策ではないと思った美都は、〝なんでもないですよ～〟という顔を作って脱衣所を出た。

グラスに一杯の水を飲み、それからベッドに腰掛けて、キッチンのカウンターテーブルでノートパソコンを広げている高虎の元へと向かう。

彼は黒ぶちのフレームのメガネをかけ、仕事をしている。自然乾燥で乾いた髪とメガネのせいか、また雰囲気が違ってはいるが、なにをしてもかなりの男前である。

(ほんと、黙ってさえいればいい男なのに……。残念すぎる……)

美都はそんなことを考えながら、何事かと顔を上げる高虎に向かって、ビシッと胸を張り宣言した。

「あの……旗江さんはお仕事するんですよね。私はもう寝ますから」

「わかった」

「寝てるからって、指一本でも触っちゃダメですからね」

残念ながらこの部屋にはソファーすらなかった。ただベッドはロングサイズのかなり大きなベッドなので、美都が寝る場所は十分ある。

「コミュニケーションとして俺に抱かれ――」

「ませんっ！」

危なっかしい発言は慌てて遮った。

「そういうのはお互い本当に好きになってからですっ！」

「わかった。楽しみに取っておこう」

高虎がフッと笑うのを見て震え上がってしまった。

「た、楽しみって……」

（しまった、いつかするみたいに言ってしまった……！）

美都はハッと息を飲んで体を緊張させたが、高虎はどうということもないようだ。

「唇にするキスも、セックスも、美都が俺を好きになってから……だろ？」

メガネの奥の鋭い瞳が妖艶《ようえん》にきらめいて、美都は顔が真っ赤に染まる。

（私が好きになってからって、自分は好きじゃなくてもいいんですか、そうですか……)

そういうことはお互い好きになってからだと何度も言っているのに、なんという男だ。

だがこの調子なら自分から彼を好きになるとは思えない。そしてそのうち、高虎もばからしいことをしていると、結婚にも興味を失うに違いない。そうなったら美都は家に帰るだけだ。

(そうよ、このへんてこりんな関係も、すぐ終わるわ)

美都は大きく深呼吸をして、改めて高虎に尋ねる。

「あの、一緒に住むうえでのルールとか、ありますか? これはされたくない、みたいな。触ってほしくないものがある、とか」

「特に思いつかないな。見ての通りワンルームだし、プライベートなものといえば携帯とパソコンくらいだが……」

「当然見ませんよ」

「だったらなにもない」

彼はあっさりした口調でそう答えた。

「ええ~さすがになにかあるでしょう、なにか……」

するとと高虎は考え込んで、軽く眉頭を寄せる。

「ああ、そうだな……。今日はお前に食事を作ってもらったが、義務にしなくてもいい。やらなくちゃいけないことなんてなにひとつないから気にするな」

「食事に関しては、義務だとは思わないですよ。毎日ごはんは食べるし。ひとり分もふたり分も一緒だし」

毎回凝ったものは作れないが、自分が口に入れるものくらいは作るつもりだった。

そして高虎の分も。

「なにより、旗江さんの健康を守るのは、社員として有益なことなのでお気になさらず」

そう、これはある意味人助けみたいなものだ。

「そうか……じゃあ生活費用の通帳とカードを渡す。好きに使ってくれていい」

高虎が思いついたように椅子から立ち上がりかけたので、慌ててそれを押しとどめた。

「通帳を渡されても困ります！　使った分を請求しますから、そういうことにしてください！」

そう言うと、また高虎は少し驚いていた。

本当に彼の驚きポイントがよくわからない。

お金持ちなのにお金に頓着《とんちゃく》がないようだ。

（本当にこの人はごく普通の一般常識からかけ離れた人なんだな……）

「……ふふっ」

美都が笑うと、高虎がさらに怪訝そうな表情になるのが、少しくすぐったかった。

そして美都はペコッと頭を下げて、

「おやすみなさい」

と告げると、ベッドに潜《もぐ》り込《こ》んだ。


目を閉じると、遠くから高虎がキーボードを叩く音が聞こえてくる。

（旗江さんって、趣味とかあるのかな……）

美都は仕事も好きだが趣味もそれなりにある。旅行が好きだし、音楽も好きだ。好きなミュージシャンのライブも行くし映画もよく観《み》る。

だが一方高虎は、会社に泊まり込んでソファーで眠り、三食コンビニという適当な私生活を送りながら、家に帰っても仕事をしている。その成果として今の『ル・ミエル』があるわけだが、なんだか心配にもなってくる。

（ほんと、朝から晩まで仕事漬けの人なんだなぁ……）

なんとなく気になって寝返りを打つと、身じろぎした美都に気づいて、高虎がキーボードを打つ手を止め肩越しに振り返った。

「音、気になるか？」

「あ……いえ、全然。大丈夫です」

「そうか。あと少しで終わるから、悪いな」

高虎はふっと眉のあたりを緩めると、急に立ち上がってこちらまで来たかと思ったら、左手を伸ばしてくしゃくしゃと美都の頭を撫でまわし始める。

「……なんで撫でるんですか」

「なんとなく」

「そんな、適当な」

とはいえ、あまり嫌な気はしなかった。

そして高虎はカウンターテーブルに戻り、指を走らせ始める。高虎の大きな手と長い指がキーボードの上を動くのをじっと見ていると、なんだか不思議な気分になった。うるさいわけじゃない。むしろ環境音のような雰囲気で、聞いていて心が落ち着く気がした。

（私って思ってたより神経が図太かったんだな……社長の家で同居だもん）

彼を男として見ていないというよりも、高虎自身が持つ空気感のせいなのかもしれない。今日初めて気がついたが、彼には不思議と人を落ち着かせる雰囲気があるのだ。

美都はゆっくり目を閉じる。

怖い雷の音はもう聞こえなかった。

三章　忠犬（？）の登場

翌朝。ゴトン、ゴトン、となにかがぶつかるような物音がして、美都が瞼をこすりながら目を覚ますと、床の上の高虎がお掃除ロボットに体当たりされていた。

「旗江さん!?」

想像もしていなかった状況に眠気も一気に吹き飛んだ美都は、ベッドから降り、高虎の大きな体を揺さぶった。

「起きてください、轢《ひ》かれてますよ！」

「……ん、んん……」

高虎は唸り声を上げながら上半身を起こすと、

「ああ、おはよう……」

寝ぼけ眼のまま美都を抱き寄せる。

「あ、ちょっと、ダメですってっ……」

（この流れ、昨日もあった……！）

キスされてはたまらないと高虎の腕の中から逃れようと体をよじるが、

「抱きしめるだけだからいいだろ……」

高虎はがっちりと美都を抱きしめて、それから首筋に顔をうずめてささやいた。

「なんかお前、いい匂いするよなぁ……腹が減る……うまそう……」

高虎の大きな手が、背中をゆっくりと撫でる。Tシャツ一枚越しとはいえ、朝から刺激が強すぎる。

（まずい、このままでは食われる……！）

本能的に身の危険を察知した美都は、高虎の体を押し返して、

「ごはん作りますから、シャワーでも浴びて目を覚ましてください」

と、無理やり彼を叩き起こしバスルームへと追いやった。

（はぁ、びっくりした……）

朝から驚くやらドキドキするやらで、心臓が跳ね回っている。

といっても、現状、高虎がやたらマイペースなせいか、まるで友人とルームシェアをしているような感覚もあり、自分でも不思議なくらい落ち着いていた。

空気を変えようと、部屋中のカーテンと窓を開けて換気をする。窓の外は、昨夜の雷雨が嘘のように、気持ちのいい快晴だ。ふわふわとあくびをしつつ顔を洗いキッチンに立つ。朝食にはフレンチトーストを作るつもりだった。

それにしても、毎朝あの調子で床に落ちて、タイマーで掃除をし始めるお掃除ロボットに起こされているのだろうか。

（変な人……）

だが正直、ゴツンゴツンと轢かれている姿は面白かった。動画でも撮ればよかったと、思わずふふっと笑みがこぼれる。

卵液を作りパンを浸し、その間にレタスとトマトでサラダを作る。

「そういえば使ってないコーヒーメーカーあったな……きっともらい物なんだろうな。コーヒー豆、買っておこうっと」

フレンチトーストを焼きおえたところで、シャワーを浴び身支度をした高虎が姿を現した。

白のオックスフォードのシャツにベージュのチノパン姿という、見慣れた格好である。会社にはこれにジャケットを羽織っていくはずだ。シンプルだが手足が長くスタイルが抜群にいいので、まるでモデルのように決まっていた。

（顔小さくて背が高くて……羨ましいスタイルだなぁ……）

つい見とれてしまっている自分に気がついて、慌ててうつむき、早口で朝食ができたことを告げた。

「温かいうちに召し上がってくださいね」

すると高虎はテーブルの上の料理を見て軽く目を細める。

「……いつも、こうなのか」

「こうって？」

美都は不思議な気持ちで高虎を見上げた。

「だから……その、人のために料理をしたりとか……」

自分に不思議なことを問いかける高虎は、いつもと変わらない社長に見える。だがその問いかけに遠慮のようなものも感じた。

「……そうですね。祖父母は朝の仕込みがあるので、私が作ります。簡単なものですけど家族で食べますよ。あっ、もしかして朝はお米のほうがよかったですか？　明日からそうしましょうか。お弁当も作れるし……。そういえば炊飯器もありました。箱のままでしたけど」

美都がキッチンの戸棚を見上げて手を伸ばすと、

「俺が取ろう」

背後から高虎が手を伸ばし、やすやすと炊飯器の箱を取り出してくれた。

「ありがとうございます。背、ほんと高いんですね。それだけ背が高いと、なんにでも手が届きますね。羨ましいな」

美都はふっと笑って背後の高虎を振り返る。その言葉に他意はない。女子の平均身長に少し足りない美都は、常々もう少し背が高ければいいのにと思っていたのだ。

だがその瞬間、高虎は驚いたように鋭い目を見開き、それからなんだか困ったように眉尻を下げた。

「お前はそういうところ、変わってないんだな……」

「え？」

「あ、いや。なんでもない……すまない」

高虎は口のあたりを手のひらで覆って美都から目を逸らし、何事もなかったかのようにカウンター席に腰を下ろしてしまった。

（変な旗江さん……）

だが考えてみたら、彼は最初からずっと『変』だ。今更気にすることはない。

「さ、ごはん食べましょう」

美都は高虎をうながして、ふたりの初めての朝食の時間を迎えたのだった。

(誰も私が昨日と同じ服ってわからないよね……)

ネイビーカラーのスカートに、ブラウスとカーディガン姿の美都は、わざと髪型をアップにして出勤した。いつもは肩につくほどの髪を下ろしているのだが、髪型を変えればそちらに目がいくだろうと思ったのだ。ちなみに高虎は取引先に寄ってから出勤するということだったので、先に家を出ている。

(昨日は荷物送ってくれるって言ってたけど、とりあえず数日分だけでも今日の帰りに量販店で買っておこうかな)

確かに高虎のペースに巻き込まれている感じはなきにしもあらずだが、流されているばかりではいけない。こういう状況になったのだから、自分の意思で今後、社長とどう付き合うか、見極めなければならない。

「おはようございます、課長」

「おはよう、岡村さん」

課長に挨拶をして、自分のデスクについてパソコンを立ち上げると、

「そうそう、さっそくで悪いけど、今日中に名刺を百枚ほど作ってもらえるかな?」

課長がメモを差し出してきた。

「今日中ですね。だったら後で近くの名刺屋さんに……」

メモを受け取った美都は、何気なくそのメモに目を通し、我が目を疑った。

ル・ミエル東京本社 営業部部長
柴田光輝《しばたみつてる》
メモにはそう書いてある。

「……えっ!?」

(まさか、ええっ、ほんとに!?)

硬直したまま、目をパチパチさせていると、

「おっはよー」

と、元気よく千絵が出勤してきた。

「あれっ、どうしたのミンミン。固まっちゃって」

千絵はメモを持ったままの美都の背後に回り込むと、その手元を覗き込み、のけぞった。

「……ぬわぁっ!?　マジか!」

千絵もかなり驚いたようだ。すぐにのんびりと茶をすすっている課長に問いかけた。

「課長、あいつ、いや、シバコー!　柴田さん!　こっちに戻ってくるんですか?」

「うん?　ああ、そうだよ。神戸は彼なしでも十分回るようになったらしいからね。

部長に昇進して、こっちの鳴海《なるみ》くんが向こうの所長さんになるらしいよ」

課長はウンウンとうなずいて、柴田が神戸でどれほど数字を挙げたか、まるで自分の手柄のように話す。

苦虫を噛みつぶしたような表情の、美都と千絵には気づかないようだ。

「――ミンミン。ちょっと向こうで話そうか」

「うん……」

課長の長話を適当に切り上げて、美都は千絵と一緒にいったんル・ミエルを出て、人目を避けるように、フロアの突き当たりの廊下で顔を寄せ合った。

「帰ってくるって、シバコーから連絡あった？」

千絵の問いかけに美都はブルブルと首を振った。

「ううん、ない。っていうか、あいつが神戸に行った直後、私、携帯水没させちゃって変えたでしょ。ついでに電話番号も変えちゃったし、教えてないから……」

美都がそう言いながら、はぁ、と深いため息をつく。

柴田光輝。通称、シバコー。二十八歳。

美都が大学生の頃、インカレサークルがきっかけで知り合って三年ほど付き合った男で、いわゆる〝元彼〟というやつである。

なぜ同じ会社で働いているのかというと、別れた当時は銀行で働いていたはずの柴田が、今から三年前、中途採用でル・ミエルに入ってきた、というそれだけだ。

だが当時の美都にしたら、元彼と同じ職場になるというのはなかなかの大事件だった。だが彼は入社後一年も経たず神戸支社に異動になった。二年間、こちらに戻ってくることはなかった。ちなみにこのことを知っているのは社内では千絵だけだ。

「まぁ、あんたたちが付き合ってたなんて誰も知らないし、シバコー誰にでも馴《な》れ馴《な》れしいし。元彼だなんて黙ってればわからないわよ」

「そう……だよね」

美都はうなずいて、ドキドキする胸のあたりを手のひらで撫でる。

脳裏には当然、高虎の顔が浮かんだが、同じ会社で働く男が学生時代に付き合っていた男だと話すのも、なんだか気まずいし、大げさな気がする。

(元彼って言ってももうなんとも思ってないし……。学生時代の話だし。誰にもばれなかったんだから、大丈夫だよね)

それから美都はデスクに戻り、朝礼を終えたあと、いつもの業務に取りかかった。

庶務といっても、事務方のあらゆる作業を兼任しているので、午前中はあっという間に時間が過ぎ去ってしまう。

十一時を過ぎた頃にふと、元彼の名刺を作らなければいけないことを思い出して、少しブルーになった。

（っていうか、部長になってるし……）

ル・ミエルは若い高虎が社長なだけあって、かなりの実力主義である。

年齢や勤務年数、男女の区別なく、成果を挙げればどんどん出世するのだ。千絵はすでに主任だし、部下もいる。ちなみに部下の男子と付き合っている。会社の外に出たらこっちが恥ずかしくなるくらい、ラブラブカップルだ。

（でもまぁ、普通に彼女いるだろうし。気にしないでおくのが一番ね）

脳内に浮かぶ元彼の映像を追いやりながら、普段から使っている近くの印刷所のＨＰに名刺の必要事項を入力した。三時間のスピードコースで頼んだので、郵便物を出しに行くついでに、取りに行けばいい。

「はぁ〜……肩がこる……痛い……」

高虎のベッドは自宅のベッドより明らかに高級なので、おかしいなと思いつつ、両腕をうーんと上に伸ばして背筋を伸ばしていると、

「ババァかよ」

いきなり、ヌッと、目の前に男の顔が至近距離で現れた。

「きゃあっ!?」

想定外の状況に、あやうく椅子ごとひっくり返りそうになる美都の肩を、男は笑いながら押さえ、目を細め顔を覗き込んでくる。

「キャーって。女子か」

「女子ですっ！」

美都は立ち上がって男を見上げた。

「美都、ただいま」

ツーブロックの黒髪におしゃれパーマ、猫のような顔立ち。ほっそりとしたスーツで細身の体を包んだ、ミステリアスでクロネコのような雰囲気を持ったこの男。

名前は柴田光輝、あだ名はシバコー。美都の元彼である。

「もう、びっくりさせないでよ」

まったく心の準備をしていなかった美都は、思わず子供のように唇を尖《とが》らせてしまった。

名刺を今日中と言っていたのはこういうことらしい。

(今日戻ってくるなら、課長、教えてくれたらよかったのに)

だがそんな美都を見て、なぜか柴田は嬉しそうに目を細める。

「うんうん、その威勢の良さ、変わってねぇなぁ」

「みっ……柴田さんはその軽薄さ、磨きがかかったんじゃないです？」

人当たりのいい美都には珍しく、毒を吐く。死ぬほど驚いたのだ。嫌味のひとつくらい言ってもバチはあたらないだろう。

（っていうか、あやうく昔みたいに〝ミツくん〟と呼ぶところだったわ……過去の習慣、怖い……。気をつけなきゃ）

美都は、呼吸を整えながら、かつての恋人を見上げる。

「おおきに」

「褒めてない。そしてウソ関西弁やめて」

美都のツッコミに、柴田は「ははっ。あっちにいるとなんかうつっちゃうんだよな」と笑い、そのままアップにしてあらわになった美都の首筋に、スッと手を伸ばした。

「ここ、キスマーク」

抑えた声で指摘され、

「ウソッ!?」

美都はビクッと体を震わせた。

もしかしていつの間にか高虎につけられたのだろうか。あたふたしていると、

「いや、ウソ」

真顔で柴田は言い放ち、

「へー、そういう関係の男いるんだ。へー」

と、目を細めた。完全にからかわれている。面白がられている。

「～～っ！」

（ウソ大げさ紛らわしいの三拍子、そうだ、こういうやつだった！　無視よ、無視。ふんっ！）

美都は唇を引き結ぶと、柴田はここにいないと言わんばかりにくるりと背中を向け、椅子に座り直した。

「あ、美都ちゃん、怒ったん？　堪忍して～」

わざとらしい謝罪に、美都は肩越しに振り返って柴田を見上げる。

「名刺はあとでデスクのほうに置いておきますので。お疲れ様です」

「おう……お疲れ様です……ふざけすぎました、すみませんでした」

一見するとしょぼくれた言葉遣いと表情で、柴田はフロアの奥の営業部へと向かっていく。そんな柴田の姿を発見して、社内に残っていた営業部の男子部員数人が、跳

ねるように立ち上がった。

「あーっ、柴田さん!!」

「ほんとだ、シバコーだ！」

「お帰り～！　今日からだったか⁉」

明らかに歓迎ムードだ。

柴田は見た目とっつきにくそうな雰囲気をしているが、これがどうして、付き合ってみると人に好かれやすいタイプの男なのだ。年齢関係なく皆に好かれ、自然と人が集まってくる。

「おー、みんな久しぶりー」

柴田は一人一人の顔を見ながら、和やかな表情で言葉を交わす。

「社長は？」

先に挨拶を済ませようと思ったのだろう。柴田が社長室を振り返った。

「朝から打ち合わせ行ってて、まだ出社してないですよ」

「そっか」

「なぁなぁ！　歓迎会、今日やるか？　金曜だし！」

弾んだ声で柴田と仲のいい部員が声を上げる。

そういえば、柴田がいた頃は彼を中心に、時には他社すら巻き込んで、積極的に懇親会が開かれていたことを思い出した。とにかく社交的で、まさに営業向きの男なのだ。

（はー、歓迎会!? 私は絶対行きませんからね！）

誘われてすらいないのに、誰よりも早く脳内で「欠席！」と決める。

そんな周囲の歓迎ぶりを見て、柴田は申し訳なさそうに肩をすくめた。

「今日はちょっと実家帰んないといけないんだ。来週でもいいか、すまん」

そして柴田は交代で神戸に行く社員と引き継ぎを始め、ル・ミエルにはいつもの落ち着きが戻り始める。

（――彼女とデートだったりして）

柴田は昔からかなりモテていた。美都が付き合っていた学生時代も、社会人になっても、よく女性から声をかけられていたように思う。

別に柴田に未練があるわけではない。ただ彼はいつでもどこでも場の中心にいて、まぶしい人だった。別れた今でもなんとなく見てしまう。美都にとってはそういう存在だった。

それからしばらくして、他社での打ち合わせを終えた高虎が出社してきた。だがなぜか手にはボストンバッグを持っている。

（もしかして出張でも決まったのかな？）

「お帰りなさい」

いつものように声をかけた美都であるが、なぜか高虎は、頼まれた資料のコピーを取っていた美都にまっすぐ向かってきた。

「美都」

低音ボイスで名前を呼ばれて、心臓がドキッとする。その瞬間、いつもの職場なのに、急に目に見える景色が変わったような気がした。

「えっ、……あっ、だっ、ダメですよ、名前で呼んではっ……」

周囲をキョロキョロと見回し、美都は声を抑えて高虎をたしなめる。

営業部に柴田が帰ってきてから、フロアは基本的に柴田を中心に輪ができていた。だから誰も自分たちの会話には気づかないだろう。だがやはりヒヤッとしてしまった。

「ああ……そうだな。気をつける」

そんな美都の不安をよそに、若干真剣さに欠ける雰囲気で高虎はうなずき、持っていたボストンバッグを美都に差し出した。

「仕事のついでに『OKAMURA』に寄って、雪子さんから預かってきた」

「あっ！」

どこかで見たことがあると思ったら、なんと自分のバッグだった。

「数日は困らないようにあれこれ入っているらしい。残りは明日、宅配便で届くそうだ」

「すみません……ありがとうございます」

ペコッと頭を下げてバッグを受け取り問いかける。

「あの、おばあちゃんなにか言ってました？」

「ああ。腹巻を入れておいたから、お腹は冷やさないようにとか……」

高虎が顎のあたりを指で撫でながらフフッと笑う。

「なっ……もうっ……」

冷え性なのは確かにそうなのだが、恥ずかしくて顔が真っ赤になってしまった。よく考えて付き合いなさいと言ったわりには、祖母もノリノリな気がする。

本当はそういうことを聞きたかったわけではないのだが、仕方ない。

「その……お仕事で行かれたのに、すみませんでした」

「いや、ついでというか、両方だな」

「両方……？」

高虎は一瞬、なにかを考えるように鋭い目を細めたあと、一歩前に、足を踏み出す。

「え、あの？」

圧を感じ、迫り来る高虎から一歩下がる。だが高虎は、さらにズンズンと近づいてきて、美都との距離を縮めてきた。

（えっ、なんで!?）

慌てた美都はさらにずるずると逃げるように後ずさり、気がつけば観葉植物の陰になり、ファイルやバインダーが詰まった書架へ追い込まれていた。

「あ、あの？」

高虎の顔を振り仰ぐ。すると彼は、美都の頭上の書架の棚部分をつかみ、上半身を折るようにして顔を近づけ、ささやいた。

「今日、九時には帰れると思う」

その言葉で、見られないように死角になっているところに押し込まれたのだと、ようやく気づいた。

確かにここなら、営業部からも入り口からも、死角になっている。見られることも聞かれることもないだろう。

「わっ、わかりました……」

（そ、そうよね、さすがの社長だって、社内で変なことしないよね……！）

こんなことで好きになるわけではないが、やはりドキドキはしてしまう。だがそれはただの条件反射のようなものだ。

綺麗で強そうな人に近寄られたら、誰だってこうなるはずだ。

美都はそう自己分析して、相変わらず自分をじっと見つめる高虎を見上げた。

（それにしてもコンビニ弁当ばっかりなのに、肌綺麗だなぁ……。これが三十代男性のお肌？　新陳代謝がいいのかな？）

そんなことを考えていると、

「なんだ」

高虎が微《かす》かに首を傾けて、美都を見つめる。

「えっ、あ、ごめんなさい。綺麗だなって、思って」

「綺麗？」

「えと、肌が……」

すると高虎は真顔で、空いたもう一方の指の背で美都の頬をスリスリと撫でた。

「手触りでいうとお前には勝てないだろ。ふかふかだし」

「ふ、ふかふか……そんな人を蒸かしたてのおまんじゅうみたいにっ……」

「だから腹が空《す》く。お前のこと食いたくなるんだよな」

高虎がさらに声を低く抑えながら、目を細める。

確かに子供の頃から、美都はお年寄り受け抜群の『美味しそう』と言われるタイプなのだが、高虎に言われると、背中のあたりがムズムズしてしまう。

妙に色っぽく聞こえて仕方がない。

「ご帰宅は九時ですよね。お腹いっぱい食べさせてあげますから安心してくださいっ」

美都は顔を赤くしながら、高虎の腕の中からするりと抜けて、自分のデスクに戻った。

(あーもう、顔あっついよ……! 仕事仕事……!)

美都は顔をパタパタあおぎながら、真面目な顔を作りパソコンを睨みつけた。

正直言って、あと数秒あの場にいたら、キスしていたような気がした。

そういうことを考える自分が恥ずかしくてたまらなかった。

その日の夜、約束通り九時に帰ってきた高虎は、美都が作った生姜焼きを山盛り食べて、ご機嫌でベッドに入った。

「壁際、譲ってあげます。床に落ちてる社長見ると、びっくりするし」

カウンターを布巾で拭《ふ》きながら、ベッドの中の高虎に声をかけると、

「美都、来いよ」

壁を背にした高虎が膝に載せたパソコンを置いて、呼びかけてくる。

「あ、あとで……」

「いつまでそこ拭いてるんだ。テーブルがハゲるぞ」

からかうような声で言われて、手が止まった。正直見透かされた気がした。

「そんなことないですっ」

意識しているとバレては思う壺《つぼ》のような気がして、美都は手を洗ってスタスタとベッドに向かい、サッと腰を下ろした。

その瞬間、後ろから体が抱きしめられる。

高虎のたくましい腕が体の前に回り、気がつけば高虎の長い足の間に、すっぽりと包み込まれてしまった。

「ちょっ、だっ、ダメって言いましたよね!?」

「ああ、言ったな。そしてお前は努力するとも、言った」

耳元で高虎がささやく。

「こ、これが、努力ですか……？」

「ああ、そうだ」

高虎はワタワタする美都の肩を撫でながらこめかみのあたりに唇を寄せた。

低い声が振動のように伝わって、美都の体を震わせる。

「安心しろ。無理強いはしない。ただ美都が俺に抱かれたくなるまで、俺は毎晩こうやって努力をするつもりだがな」

そして高虎は洗いざらしの美都の髪を指ですく。

大きな体には不似合いな優しくて繊細な手つきだ。

なんだか彼の飼い猫にでもなったような気がして、胸がドキドキする。

「俺に触られるのは嫌か」

「い、嫌っていうか……びっくりするだけで……」

確かに社長室に呼び出されていきなりキスをされた時は、セクハラだと思って力いっぱいビンタしてしまった美都だが、結局今は、前向きに検討するということで一緒に住んでいる。

これで嫌だなんて誰も信じないだろう。

実際美都は、高虎のことを面白い人だなと思っているのだ。

「じゃあ嫌じゃない」

「そう、ですね……」

美都は真面目にうなずいた。

「きっかけはなんであれ、社長とのことは、ちゃんと考えようって、思ってます……」

確かにアップルパイついでだったのかもしれないが、旗江高虎という男は、少なくともこの結婚に最初から前向きなのだ。別に美都でなくてもよかったとはいえ、真面目に考えてくれているのなら、自分だって考えたいと思う。

「そろそろ名前で呼んでくれてもいいんじゃないか」

「……確かにそうですね。呼び方は大事です」

社長に限らず、人間関係においては、少しずつお互いのことを知って、それから親しくなれたらいいと考えている美都は、強くうなずいた。

(高虎さん……高虎さん……。なんてことない。名前だよ、普通に名前を呼べばいいんだから……)

美都は何度も心の中で練習をして、大きく深呼吸をしたあと、

「たっ……高虎さん」

と、名前を呼んだ。

(呼べた……。呼んだ……！)

身構えたわりには案外するりと名前が出て、ホッとしたのもつかの間、その瞬間、体に巻きつけられた腕に力がこもった。

「高虎さん？」

どうしたのかと振り返ろうとすると、高虎にさらに強く抱きしめられて、動けなくなった。そしてそのままベッドに倒れ込む。

「きゃあっ！」

完全に押し倒されている。大きな高虎を背中に感じて、美都は一気に真っ赤になった。

「ちょっと、待ってください、なんで急にっ」

驚いた美都が声を上げて身をよじると、

「……美都、もう一回」

高虎が美都の名前を呼びながら、そのまま頬をすり寄せてきた。

風呂上がりのいい匂いがする。自分も同じシャンプーやボディーソープを使っているはずだが、それとは違う、甘くていい匂いだった。

「もう一回って、たっ、高虎さんっ……？」

すると今度は返事の代わりに、高虎の長い手足がするすると絡みつき、気がつけばベッドにがっちりと身動きできないレベルで押し倒されていた。

「お前、今の自分の状況わかってるか？」

美都を組み敷いている高虎は、どこか苦しそうだ。自分を押し殺しているような雰囲気で、黒髪の奥から鋭い目をより一層強く光らせ、美都を見下ろしている。

「状況って……名前を呼んだだけでしょ……？」

しかも高虎から名前を呼べと言われたのだ。責められるいわれはない。だが美都の言葉に高虎は渋い顔をした。

「やっぱり呼ばなくていい。旗江さんでいい」

「えぇー!?」

せっかく勇気を振り絞ったのにまさかの展開だった。

「名前呼びは本番に取っておく」

そして高虎は、ベッドの上で乱れた美都の髪を指で丁寧になおすと、美都を後ろから抱きしめたまま、ごろんとシーツに横たわってしまった。

「おやすみ」

「お……おやすみなさい……」

いきなり押し倒されて心臓が口から飛び出すかと思ったが、すぐに何事もなかったかのような空気に、唖然とした。

（本番って……なに）

あれこれと考えたが、かえって緊張してきたので、美都は考えるのをやめることにした。

（今日はちょっとだけ仲良くなれたかな……。もう少しどんな人か知れたらいいんだけど……）

鉄面皮で愛想がなくて、なにを考えているかわからない。

だがなぜか落ち着くこの同居人との生活を、自分はすでに楽しんでいるのかもしれない。そう思ったのだった。

四章　親睦を深めてみませんか

高虎と同居を始めて、初めての土曜日が来た。

朝一番に祖母からの荷物が届き、中を確認して整理する。高虎の住むマンションはやたら収納が多いのだが、彼自身は着るものに頓着がないようで、シンプルなものを一年着ては捨て、新しいものを買う方式らしい。

（洋服だけではなくて、何事にも執着しない人なのかも）

そんなことを思いながら、自分の持ち物をクローゼットに収納していく。

それから美都は高虎と向き合って、昨日から考えていたことを口にした。

「今日は、私と……旗江さんの、親睦を深めようと思います」

「なるほど、建設的な意見だな」

高虎は相変わらずの無表情ではあるが、美都の言葉にもっともだと言わんばかりにうなずいた。

「で、どうやって親睦を深めるんだ？　なんなら俺がお膳立ててやってもいいが」

そして体の前で腕を組み、美都がなにを言い出すのかとほんの少し、楽しげに目を細める。

（なんだか悪いこと考えてそう……）

彼は基本無表情に近いが、よく見ればそれくらいはわかるようになっていた。

そこで美都はにっこりと微笑みかける。

「公園デートです」

「は？」

まさか公園デートと言われるとは思わなかったらしい。彼の目がまん丸になる。いつも一方的に驚かされてばかりなので、美都の言うことに目を丸くする高虎は、なんだか新鮮だった。こんな顔を見られただけで、ちょっとだけ嬉しくなってくる。

「というわけで、お弁当を作りますよ。手伝ってくださいね」

「俺が!?」

「一人でやるより二人でやったほうが楽しいですよ」

美都はふふっと笑って、浮かない表情の高虎を連れてスーパーへと向かうことにした。

歩いて五分ほどの場所にある開店直後のスーパーは、特売品目当ての家族連れで賑わっている。

「二手に分かれますよ。はい、これ持ってください。メモにあるものをお願いします」

「……ああ」

美都にカゴとメモを持たされた高虎は、スーパー内を行ったり来たりしていた。かなり背が高いので、遠目にいても目立つ。その美男子ぶりから買い物に来ている奥様や若い女性の注目を一身に浴びてきたが、まるで気づいていないようだった。

「……とんでもない労力がかかるな」

「なに言ってるんですか。まだ買い物が終わっただけじゃないですか」

精算を終え、若干ぐったりした高虎だが、なぜかビニールに荷物を詰めるのはうまかった。

そのことを美都が指摘すると、

「学生の頃はずっとコンビニでバイトしてたからな」

と、意外な答えが返ってきた。学生で起業したと聞いて、なんとなく坊ちゃんなイメージを抱いていたが、むしろ努力の人だったのだろうか。

「まぁ、俺の仕事はもっぱら深夜で、酔っぱらいの相手だったが」

「確かに旗江さんがカウンターに立っていたら、そのコンビニは安全地帯な感じします」

身長が百九十近い、不愛想な男がレジに立っていたら酔いも覚めるだろう。その場面を想像して美都はふふっと笑った。

「なんだそれは。俺は危険物か？」

高虎も唇の端を少しだけ上げ、それから袋詰めが終わったビニール袋を二つ、右手に持った。

「あっ、私ひとつ持ちますよ」

ビニール袋には牛乳や野菜、お肉までみっちり詰まっているのだ。慌てて歩き出した高虎を追いかけたが、

「だったらこっちの手が空いてる」

と、右手をつかまれてしまった。そしてあっという間に指が絡む。いわゆる恋人繋ぎだ。

（手、繋いでしまった……！）

心臓のあたりがギューッと締めつけられて苦しくなった。緊張して、思わず背筋が伸びる。

「……ダメか？」

高虎が前を向いたまま問いかける。

彼が今どんな顔をしているかはわからない。けれど握られた手は熱く、考えすぎだとは思うが、彼に一途に求められているような気がして、嬉しかった。

「……ダメじゃないです」

ちょっと照れながら美都がそう答えると、そこでようやく高虎はホッとしたように美都を見下ろす。

「そうか」

「はい」

（最初にキスして、結婚の申し込みもされて、そんなことにはなってないけど同じベッドに眠っているのに、手を繋ぐのが今更恥ずかしいって、なんだか変なの……）

胸の奥で蝶々《ちょうちょ》がふわふわと飛んでいるような、くすぐったさがあった。

マンションに戻り、パンをトーストし、レタスとハムと目玉焼きを挟んだサンドイッチを作る。バッグにあれこれと荷物を詰め、地下鉄に乗り、向かった先は新宿御苑《しんじゅくぎょえん》だ。

入園料を払い新宿門から中に入る。ようやく梅雨が終わり、やわらかな新緑の香りと爽やかな夏の風が吹き抜ける。イギリス風景式庭園の見渡す限りの芝生は、すでにカップルや家族連れで賑わっていたが、なにぶん広いのでお互いの距離は保てる。

「このあたりに座りましょうか」

美都はスーパーで買ったレジャーシートを広げて、高虎と並んで腰を下ろした。

「なぁ美都。ここでなにするんだ」

どこか落ち着かない様子で周囲を見回す高虎が、ちょっと面白い。

「なにもしないですよ。ぼーっとしたり、おしゃべりしたり、うとうとしたり、お腹《なか》が空いたらごはんを食べたり……でしょうか」

「マジか」

信じられないと言わんばかりに高虎は眉を寄せたが、美都は「マジでーす」と笑い、そのままシートの上に横になった。

「気持ちいいですよ。旗江さんもやってみてください」

「……わかった」

美都の誘いに、高虎は渋々といったふうにうなずき、シートの上に仰向けになり、長い足を組んだ。

日差しはまだそれほど強くない。

美都はぼーっと空を眺め、耳から聞こえてくる漠然とした話し声に耳をすませる。

もちろん話している内容はわからないけれど、時折聞こえてくる穏やかな笑い声や、子供のはしゃぐ声は平和そのものだ。

(風が気持ちいいな……)

そよそよと風が吹き抜けていく。気がつけば爽やかな空気に、自然と目を閉じていた。

「——おい、もう寝るのか。おしゃべりはどうした」

なぜか焦ったように隣の高虎に問われて、美都は笑う。

「寝ませんよ。ただ目を閉じるだけ……」

「いや、お前それ完全に寝るモードだぞ。つか、そもそも毎晩寝つきが良すぎるんだ。目を閉じてものの数分で寝落ちしてるだろ。もしかして眠剤かなにか飲んでるのか？」

「特になにも……ふわぁ……」

確かに、美都はどこでも寝られるタイプの人間である。高虎とベッドに入る時も、その一瞬は緊張するが、一度横になって目を閉じれば、すぐに夢の世界へと旅立ってしまうのだ。

「こら、あくびするな。起きろ」

肩のあたりを揺さぶられる。

「うーん……だったら旗江さんが面白い話してくださいよ」

我ながら無茶振りだとは思うが、言ってみた。

「面白い話って……俺にあるわけないだろ、そんなの」

憮然《ぶぜん》とした高虎の表情は、目を閉じていてもなんとなく想像がつく。

「もー、わがままだなぁ……」

「どっちがだ……本当に、俺には話すようなことはなにもないんだ」

彼の声はどこか困ったようにも聞こえた。

(話すようなことがないなんて、そんなはずないのに)

胎児のように丸くなって目を閉じる美都の頬に、高虎が触れる。風が触れるのと変わらない優しさで、そっと。

「お前の話を聞かせてくれ」

「私……?」

「ああ。お前の話が聞きたい」

その声は真摯で、優しい。

自分のように興味本位ではないような気がしたが、美都はしばらく考えて、口を開いた。

「旗江さん、私のこと調べたんですよね。だったら必要ないんじゃないんですか？」

美都がクスッと笑うと、

「あんなもの、大して役には立たなかった」

と、高虎はつぶやく。

「二十年前、ご両親を病気で相次いで亡くしたんだな」

「はい。だから祖父母はとても私のこと心配してるんです」

独身でしっかりしていそうだからという理由で、高虎に孫を推薦してしまうくらいに。

とはいえ、こうやって高虎と公園でゴロゴロするような関係になったのだから、一概に悪いことだったとはいえないのだが。

美都は目を閉じたまま、高虎のほうに体を向けた。

「ここだけの話なんですが、家庭を作ることに憧れてるんです……。内緒ですよ。こういうことを他人に話すと、両親のこともあって、同情されるか、引かれてしまうので」

「俺はいいのか」

「本当ですね……でも旗江さんはアップルパイのついでに私と結婚しようとか考えちゃう人だから、別にいいかなって……」

クスッと笑うと、

「美都」

想像以上に近いところから名前を呼ばれた。

閉じていた目を開ける。

目の前に、上半身をひねるようにして、美都の顔を覗き込んでいる高虎がいた。

「――俺は正直言って、家族に思い入れはない」

「そう、なんですね」

美都はうなずいた。

世の中にはいろんな家族の形がある。どうしても折り合いのつかない家もあるだろう。

「だが、お前の望みは叶《かな》えてやりたい……」

芝生に腕をついたまま、高虎はささやき、美都に顔を近づける。指が美都の頬を滑り、顎先に触れ、上を向かせた。頬を傾ける高虎の顔が、近づいてくる。

「あの……」

「……俺にしろよ」

そして唇に触れるだけのキスが落ちる。

「俺に惚《ほ》れろよ。早く……美都」

そうささやく唇は、今にもまた唇に触れそうな距離にあったが、すぐに離れてしまった。

「今の……」

美都は何度か瞬《まばた》きをしたあと、指先で自分の唇に触れる。

周囲に人はいない。見られたとしても、カップルが一瞬だけ内緒話のために顔を寄せたようにしか見えなかっただろう。

「嫌じゃなかったよな」

高虎は、美都が戸惑っているのを見て、鋭い目を細めた。

「それは……」

毎回そう決めつけられるのは癪《しゃく》にさわるが、残念ながら今の複雑な気持ちを表すような言葉が出てこない。

「……そうですね。きっとお天気のせいですね。いいお天気だから……許してあげます」

美都はそんな冗談で逃げるしかなかった。

「なんだ、陽気のせいか」

高虎はそんな憎まれ口を叩く美都にふっと表情を緩めると、改めてシートの上に横になる。

「信じられない時間の使い方だが、まぁ、たまには、なんにもしない日があってもいいか……」

そして高虎は目を閉じた。

一方美都の心臓は、この穏やかな空気とは裏腹に激しく鼓動を刻んでいた。

（……びっくりした）

美都は手のひらで胸のあたりを撫で、ゆっくりと深呼吸を繰り返す。

自分の中で、毎秒といっていいスピードで、高虎に対する印象が変わっていくのを確実に感じていたのだった。

その日の夜、キッチンのカウンターで仕事をしている高虎にコーヒーを淹れた。

「おやすみなさい」

「――ちょっと待て」

高虎はキーボードを叩く手を止め美都を抱き寄せると、肩のあたりにおでこを乗せた。急に、野良猫に懐かれたような気がして、身じろぎをして高虎を見下ろすと、高虎は相変わらず美都の肩に頬を押しつけたまま低い声でささやく。

「今日は久しぶりになにもしない一日を過ごした。だが、予想外だが、あれを無駄な時間だとは思わなかった」

「……よかったです」

美都も同じ気持ちだった。

無理をせず、ただ一緒にいて、他愛《たわい》もない話をして、特別なことでなくてもいい、そんな時間が過ごせたと思う。

「どうせそうなるんなら、できるだけ早くがいい」

「それって……」

高虎の低い声が直に伝わってきて、心臓が震えた。

「美都。早く俺のものになる覚悟を決めろ」

高虎は椅子に座ったまま、美都の上半身を引き寄せ、耳の下に唇を押しつけた。チュッと音がして、その後ピリッと痛みが走った。

「あ、もうっ……！」

慌てて高虎を突き飛ばし、そのまま後ずさった。

「手が早いのはなんとかしたほうがいいと思いますっ！」

「俺からしたら、いちいち照れて飛んで逃げるほうが意味不明だぞ」

「ど、どういうことですか、それ」

「わからないのか？」

高虎は真面目な顔でそう言い放つと、中指で眼鏡を押し上げてノートパソコンのディスプレイに視線を戻した。

（わからないのか……って……）

わかっているくせにと言わんばかりの高虎の問いかけに、言葉に詰まった。

もうバレている。自分の気持ちが彼にかなり傾いていることがバレてしまっている。

「でも、早すぎ、ませんか……？」

美都はボソボソとつぶやく。

「ならいつならいいんだ。待てと言うなら待ってもいいが、一ヶ月後か？　それとも半年後ならいいのか」

高虎の手はいつものようにパソコンのキーボードの上をなめらかに動いている。

「……意地悪ですね」

美都は顔を真っ赤にしたままずるずると後ずさり、ベッドに潜り込んだ。

「――おやすみ」

高虎の呼びかけにはわざと返事をしなかった。ダウンケットの中で胸のあたりを撫で、ゆっくりと深呼吸を繰り返す。心臓は今までになく早鐘を打っていた。

確かに彼との関係は、悪くない。いや、むしろ『いい感じ』なのではないだろうか。

今日だって当初の目論見通り、親睦を深められたように思う。

公園でキスもした。あれは、まるで磁石で吸い寄せられるような感覚だった。

こうなるのが自然だと本能がささやいていた気がする。

(わかってる。それって……私も……好きになりかけてるって、ことよね……)

流されるだけじゃない、社長との仲を考えようと決めたのは自分だ。

(旗江さんと家族になる……)

薄暗闇の中、ぼうっと灯《とも》るオレンジの明かりの下、美都の淹れたコーヒーを飲みながらパソコンを見つめている高虎の姿を見つめる。

(認めよう……。私は旗江さんのこと、結構本気になりかけてる……。恋愛感情を持つこと自体久しぶりだから、恥ずかしいけど……。それは事実だ)

もともと自分が勤める会社の社長だったとはいえ、仕事以外の会話なんてしたことがなかった。

仕事はできるかもしれないけれど、デカくて不愛想。それが高虎の印象だった。

けれどたった数日そばにいただけで、甘くて、意地悪で、強引で、ちょっと変で、なのになぜか居心地がいい、そんな彼に惹《ひ》かれ始めている。

今だって彼がなにを考えているか、よくわからないというのに……。

(たった数日だから、決断することに躊躇《ちゅうちょ》してるの？　旗江さんの言うように、一ヶ月後なら、半年後ならいいの……？)

ふと、元彼の柴田の顔が思い浮かんだ。

(そういえば、ミツ君とは、インカレサークルの飲み会で隣になって、それから一週間後には付き合いだしてたっけ)

中学生の頃は、部活命で男の子には一切目が向かなかった。高校では、男友達はいたし、告白もされたけど、好きでもない人と付き合うのは気が進まなかった。

美都の心の中にはいつだって男女の理想とする両親がいて、なんとなくで付き合うなんて嫌だなと思ってしまうのである。

(でもミツ君だって、明らかにチャラチャラしてるイケメンだったよね。でも好きになって付き合って……まぁ、三年で終わってしまったけども……）

結局、昔こうだったからといって、新しく始める恋のお手本にはならない。相手も状況も違うのだ。

ダウンケットから顔を出して、高虎の背中を見つめる。明かりはキッチンの上だけしかつけていないので、広い部屋の中で、彼の周りだけがぼんやりと発光しているように見える。

雷が鳴って眠れない夜は、大人が起きている間は、子供部屋ではなくリビングで寝かせてもらっていた。

（お父さんとお母さんが、コーヒーを飲みながら会話しているところ、毛布の中から聞くのが大好きだったな……）

母は遅くまで働く父にコーヒーを淹れて隣で編み物をしたり、本を読んでいた。美都が今でもはっきり覚えている、両親の美しい記憶だ。

父と高虎に似たようなところなどなにひとつないのだが、両親と自分たちが重なって、胸が締めつけられるような痛みを覚えた。

いつか、自分もあんな風に、穏やかに生涯の伴侶と過ごすことができるんだろうか。

（その相手は……）

妙にくすぐったい気分になりつつも、目を閉じると途端に睡魔が押し寄せてくる。

（お父さん、お母さん……どうしよう）

「――ったく、こっちの気も知らないで」

完全に寝入った美都の頭を優しく撫でて、額に口づける高虎には、当然気づかずに――。

そして翌朝の日曜日。美都は自宅で仕事をするという高虎のために昼食を作り置きし、冷蔵庫に仕舞うと、慌ただしく準備を始めた。

「『OKAMURA』でアルバイト？」

昨晩は随分遅くまで起きて仕事をしていたようだ。寝起きの高虎がぼうっとした様子で、美都を見つめた。

「はい、今日はいつものアルバイトの子が一人風邪をひいたらしくって、ピンチヒッターなんです」

朝一番に祖母からヘルプを頼む連絡があり、手伝いのために実家に帰ることにしたのだ。

「ふぅん……何時に終わるんだ」

「五時までですよ。帰ってすぐに夕食の準備をしますね」

「いや、迎えに行く。夜はどこかで食って帰ろう」

そして高虎は、玄関で靴を履く美都の腰を引き寄せ、おでこに口づけた。

「別に無理して作らなくてもいい」

その言い方はなぜか優しく穏やかだった。

(別に無理はしてないんだけど……まぁ、旗江さんも外に出たほうが気分転換になるかもしれないし、いいかな)

「はい、じゃあ楽しみにしてますね」

美都はおでこに触れた優しい口づけに照れつつ、元気よくマンションを出る。

日曜日の『OKAMURA』は賑やかだ。名物のアップルパイを求めて他県から来る客や、馴染みの客で店内はいっぱいだ。

「カウンター入ります!」

「お願いしまーす！」

挨拶もそこそこに店のユニフォームに着替えた美都は、他のアルバイトの女の子たちに混じり、慌ただしくショーケースでケーキの販売や、進物用のアップルパイのラッピング作業に没頭する。

ケーキを求める客が引いたのは午後三時を過ぎた頃で、ようやく休憩の順番が回ってきた美都も休むことができた。

岡村家は店の隣だ。シックなロングスカートのメイド服姿だが、人目がないのをいいことに、茶の間の畳の上にごろりと大の字になった。

「疲れたぁ……」

「これ、美都。そんなところに寝転がって、お行儀が悪い」

雪子がお茶とお菓子を持って姿を現し、メッという顔をして美都の背中を軽く叩いた。彼女はいつだってびしっとしている女性なのだ。

「うーん、ごめん……」

叱《しか》られて、今度はうつぶせから仰向けになる。

「お茶が入りましたよ。あと、おにぎりも」

「わーい、いただきます」

上半身を起こし、祖母が淹れてくれたお茶を飲んでおにぎりを口に運んだ。小さなひとくち大のおにぎりには、刻んだたくあんと白ゴマが混ぜ込まれている。雪子の作ってくれるおにぎりで一番好きな組み合わせだ。

「お米、しみる……おいしい……」

目まぐるしい労働ですっかり忘れていたが、お腹はぺこぺこだった。

体に染み渡る喜びに目を細めると、

「まだ食べる？」

雪子がニコニコしながらちゃぶ台に手をつき、腰を浮かせる。

「ううん、終わったら旗江さんが迎えに来てくれて、ごはんを食べに行くんだ。だからこれで十分」

「仲良くしてるのね」

「なっ……仲良く……って、そうかな……」

「そうよ。よかったわ」

ホッとしたような雪子の言葉に、美都もうなずく。

「うん。私もどうなることかと思ったけど、案外楽しくやれそうで……よかったって思ってる」

美都はアハハと笑って、ちゃぶ台の上に置かれた『ひとくちアップルパイ』を口に運ぶ。

そう、よかったのだ。いきなり結婚だと言われた時は反発心しか湧いてこなかったが、結婚前提で一緒に暮らし始めて、自分はどんどん彼のことを好きになり始めている。

(案外、結婚も早いかも……なんて)

恋の始まりに浮かれている自覚があるので、さすがに雪子には言えなかったが、内心そんなことまで考え始めていた。

ふたつめのアップルパイに手を伸ばしたところで、雪子が目を丸くする。

「このあと食事じゃなかったの?」

「これは『ひとくち』だから。ふたくち食べるくらいなら、いいと思う。別腹だし」

美都は屁理屈を言いながら、パイを口の中に放り込む。

「おいしい~!」

パイ生地はサクッとした食感としっとりした口当たりで、リンゴもシナモンが効いている。トースターで軽く温めたあと、ゆるく立てた生クリームや、バニラアイスを添えてもおいしい『OKAMURA』のベストセラー商品だ。

「ふふっ、美都は本当にアップルパイが好きなのね」

「うん、大好き」

物心ついてから千個は食べているに違いない。美都の体の半分はアップルパイでできていると言っても過言ではない。

そうやっておいしいおにぎりとデザートを堪能した美都は、

「じゃあ残りの時間、お店に出てるね」

ブレスケアをしてまた『ＯＫＡＭＵＲＡ』へと向かったのだった。


午後のピークを終えて、お客様の数もかなりまばらになった頃、ひとりの男性客が入店してきた。

「いらっしゃいませ……えっ⁉」

ドアベルの音に顔を上げた美都は、思わず声を上げた。

「よっ！」

気軽な雰囲気で店内に入ってきたのは、なんと柴田だった。オーバーサイズのゆったりした七分袖のカットソーとアンクルパンツ姿で、爽やか青年だ。

「あらっ！」

カウンターの内側で凍りつく美都の隣で、二十年間パートで働いている奥田《おくだ》が満面の笑みを浮かべた。

「シバコー君じゃない！」

「あ、奥田さん、ご無沙汰してます」

柴田はニッコリと笑って、軽く手を上げた。彼には一度話した人の名前や顔を忘れないという特技があるのだ。見た目は若干チャラいが礼儀正しいので、年配女性にもかなりウケがいい。

「なによ、どうしたの」

だが、美都は元彼の登場に思わず眉が寄る。なにかあるのかと身構えてしまった。

「フツーに買い物しに来たんだよ」

「普通ってなによ。甘いもの好きじゃないくせに……」

お客様には絶対見せないむくれ顔をしたところで、

「ふふっ、じゃああとは若い二人で。私は裏に行ってるから」

「あっ、奥田さん!?」

美都が昔、柴田と付き合っていたことも、その後別れたことも、彼女は当然知っているのに、この対応である。

柴田には人に警戒心をもたせないオーラのようなものがあるのだ。なにかを盛大に誤解された気がするが、奥田は「いいのよぅ」と機嫌よく笑い、完全に店の裏へと姿を消してしまった。

(仕方ない……さっさと売って帰らせよう)

「……なにをどれだけお求めですかー」

美都はトレイとトングを用意し、棒読みで問いかける。

「塩対応すぎない？」

「塩味のお菓子でしたら、ケークサレがございますよ」

「……美都」

ケースの向こうで少し困った顔をされて、美都はハッとした。

久しぶりに会った元彼に対して、少し意地悪すぎたかもしれない。自覚したところで一気に自己嫌悪が押し寄せる。

(私、ほんと小さい人間だな……)

「ごめん……」

ため息をついたあと、素直に謝罪する美都に、

「いや、急に来て悪かったな。ほんと、ケーキ買いに来ただけだからさ」

柴田は苦笑して、デニムのポケットに指を引っかけショーケースの中を覗き込んだ。

「えっと、このイチゴのやつと、あと、向こうのチョコのやつと……チーズケーキ、アップルパイはミニサイズを四つ」

「かしこまりました」

商品をトレーに載せ、美都は背後のカウンターに向き合い、ケーキを手早く紙箱に収めながら問いかける。

「保冷剤をおつけしますが、おかえりの時間は？」

「三十分くらいかな。今から実家に寄るところだから」

「あれ……帰ってたんじゃなかったの？」

金曜日、実家に行くからと歓迎会を断っていたはずである。

「ああ、あれ嘘。普通にちょっと疲れてただけ」

だが柴田はあっさりとそれを否定した。

「荷物は引越し先の新しいマンションに届いてるけど、荷物解くの面倒くさくてビジホに泊まってたんだ」

「そうなんだ……」

「実家は姉貴が子連れ出産で帰ってきてるんだよ。チビ達が遊べ遊べってウルセーからな。今からちょっとだけ顔を出すとこ」

柴田はそう言って、カウンターから出てきた美都から、ケーキの入った紙袋を受け取った。

柴田はすらりとした容姿にぴったりの美しい指をしていて、そういえばこの繊細そうな手が好きだったなと、どうでもいいことを思い出してしまった。

「――いまだに家族全員に言われるぜ。なんでミントちゃんと別れたんだって」

「ふむ……さては私が持っていくケーキ目当てだな？」

美都はニヤリと笑いながら、柴田の顔を下から覗き込む。

本気でそう思っているわけではない。ふと、柴田の実家に行く時はいつも『ＯＫＡＭＵＲＡ』のケーキを持参して、喜ばれていたことを思い出したのだ。

「おいおい、うちの家族は手土産なしでも美都のこと大歓迎だったろ」

「まぁ、そうね」

柴田は付き合った頃から一人暮らしをしていたが、それでもたまに美都を連れて、実家に帰っていた。人付き合いが好きな一族らしく、美都も遊びに行くたび大歓迎を受けていた。

（懐かしいな……。当然か。お姉さんの赤ちゃんだって、もう普通に大きくなってる

んだもんね。時間ってあっという間に過ぎ去っちゃうんだな)

「皆さんによろしくね」

美都が笑うと、柴田もホッとしたように笑顔を浮かべる。

「あ、やっと笑ったな」

「え?」

「金曜、俺の顔を見て硬直してたし、イヤそうだったからさ」

そして柴田はセットしていない髪をかき上げ、視線をウロウロと彷徨《さまよ》わせる。

「だからここに顔出すのも迷ったんだけど、ミントちゃんとこでケーキ買ってこいってワーワー言われて……その……新しい連絡先も知らないし、えっと……まぁ、そういうことで、突然来ることになって、驚かせて悪かった」

どうやら柴田は柴田なりに、元カノである美都との再会について思うことがあったらしい。

「ううん、私こそあんな態度をとってごめんなさい」

美都の謝罪に、柴田はほっとしたように笑みを浮かべた。

「じゃあ、おあいこってことでどうだ?」

「うん、いいね。そうしよう」

美都は柴田とうなずき合う。

（おあいこだ、おあいこ……。もう大人なんだし、終わったことだし、同じ会社なんだから、ギクシャクしたくないもんね）

それから空気は一変して、お互いリラックスモードになった。特に柴田は心底嬉しそうに、カットソーの衿のあたりを撫でてニコニコし始めた。

「勇気振り絞って来てよかったー！」

大げさな柴田に美都は苦笑せざるをえない。

「店に来るのに、勇気なんて振り絞る必要ないでしょ」

この男は見た目が派手なくせして、こういうギャップがあるのだ。だから人に好かれるのだろうとも思うし、憎まれないのだろう。

「そんなことねぇよ。ここに行ったら美都いるかもって思ったら緊張したし」

「緊張？」

「やっぱり振られた女って、美都が最初で最後だからな。特別だろ」

嘘でも大げさでもなく、美都という例外を除き、人生において一度も女性に振られたことがないと豪語する柴田に、また美都は笑ってしまった。

「私が振ったって言っても、実際は私が振られたようなものじゃない」

「……うん？　なんで？」

美都の言葉に笑顔の柴田は真顔に戻る。そして首をひねった。

「なんで俺が美都を振るんだよ」

美都の言葉に、彼は信じられないというような表情をした。とても演技とは思えないその反応に驚きつつ、美都は尋ねる。

「……浮気……っていうか二股してたよね？　だから、振られる前に私が別れを持ち出したってだけで」

その瞬間、

「浮気も二股もしてねぇよ……！」

柴田は目を見開き、たった今、浮気を責められたかのように慌てて否定した。

「え、うそ……」

美都はしどろもどろになりながら、口を開く。

「だって、私に写真送ってきたじゃない。ほかの女の人とベッドにいるところ……」

口に出した瞬間、封印した苦い思い出が込み上げてきて、思わず美都の声も小さくなってしまった。

そう――美都が就職活動まっただ中の学生だった頃の話である。ある夜、美都のスマホに知らないアドレスからメールが届いた。

【柴田光輝は他の女と二股をかけている】

いたずらだと思いたかったが、写真が添付されていた。

薄暗い部屋ではあるが、知らないベッドで眠る柴田と、ベッドに腰をかけた女性のふたりの自撮り写真だった。女性の顔は絶妙に隠されていたが、体つきはどう見ても女性で、長い髪の持ち主だった。

もしかして、自分と付き合う前の写真ではないかと目を凝らしてみたが、柴田がはめていた腕時計は、彼の就職を機に一緒に選んだもので、現在の写真なのだと納得するしかなかった。

それを見て美都はひどいショックを受けたが、そうなるのも当然かもしれないと思った。

柴田が就職したのは外資系の投資銀行で、学生の時分には想像できないくらい忙しく、自分もまた就職活動を理由に、全く会えない日々が続いていた。

浮気をされたのならそのせいとしか考えられなかったのだ。

悩んで、悩んで――そして美都は柴田と別れることを決心した。どうして浮気したのだとか、自分のことはもう好きじゃなくなったのかとか、そういうことを聞きたいとも思わないままに別れを選んだのだ。

美都の説明を聞いて、柴田の表情がこわばる。

「その写真……お前にも送られてたんだな。実は上司のお嬢さんで、かなりしつこくつきまとわれて……っていうか転職したのもそのせいっていうのがあって……」

「えっ……？」

「あれは銀行の仮眠室で撮られたんだ。そのあと、自宅も侵入されてちょっとした騒ぎにもなった」

「侵入!?」

柴田の告白に、ぎょっとしてしまった。まさにストーカーではないか。まさかそんなことになっていたと知らなかった美都は、唖然として言葉が見つからない。

「美都、俺と付き合っていくのに疲れたって言ったよな」

「うん……」

美都は柴田の浮気を責めたりしなかった。

当時はなかなかうまくいかない就職活動にひどく疲れていたし、柴田がこの状況で浮気をしたのなら、もう自分のことは好きではないのだろうと思ったからだ。

「俺、美都が就職活動で疲れてると思ったから、結果が出るまで待つって、言ったよな。でも、美都は無理だって……死ぬほど辛《つら》いから、別れたいって……」

だんだん細くなる柴田の声に美都の記憶は過去にさかのぼり、胸がきつく締めつけられる。

「……待たれても、ミツ君が一瞬でも他の女の子に心を移したんなら、やり直せないと思ったから」

しばらくして、柴田が左手で目元を覆う。

「美都の連絡先も調べたんだろうな……危ないなって思ってたから、あの女に美都のことは話さなかったんだけど……他になにか変なことはなかったか？」

言われて美都はさらに記憶を辿《たど》ってみる。そこでふと思い出したことがあった。

「そういえば『ＯＫＡＭＵＲＡ』はマズイ、詐欺《さぎ》の店って中傷のビラとか撒《ま》かれた……かな」

「はぁぁあ!?」

猫のような目を大きく見開いて、柴田が吠《ほ》え、「嘘だろ……」と、その場にしゃがみ込んでしまった。

「あ、でもね、でも近所の人が憤慨して、うちを中心にパトロールしてくれて、嫌がらせなんかすぐになくなったよ。あの当時はきっとライバル店の仕業だなんて言ってたけど……あんまりにも急だし、同業他社なんて近くにないし、変だなぁ、とは思ったのよね」

美都はその場にしゃがみ込む柴田をこれ以上凹ませないよう、「大丈夫だから」と声をかけた。

「それよりもミツ君……なんていうか……大変だったんだね……」

柴田がモテるのは百も承知だったが、まさか上司の娘にストーカーされていたとは考えもつかなかった。

「——大変もなにも、美都に振られたあとはマジで人生終わったと思ってたし、失恋の痛みを忘れるためにがむしゃらに働いてたら、肺気胸になってぶっ倒れて、倒れたついでに腕の骨折るし、散々で……半年くらい入院してた」

柴田はしゃがみ込んだまま、ブツブツとつぶやく。

「えっ……!?」

「いや、業務中だったから労災出たし、いいんだけどさ。家族からは美都に振られる男だから天罰だなって、めっちゃ責められるし……振られるし、体壊すし、踏んだり蹴ったりだろ」

「そ、そうだね……」

なんだか無性に柴田がかわいそうになってしまった。

美都だって、彼と別れたあとは当然苦しかったが、結局時間が解決してくれた。同じ会社で働くようになっても、平気なくらいに。

けれど柴田には、相当な苦労があったようだ。今までそのことに触れなかったのは、お互いにあれこれ気遣っていたせいだとは思うが、なんと言っていいかわからない美都は、目をパチパチさせながら、柴田を見下ろした。

「ミツくん、元気出して……」

すると柴田はふらりと立ち上がり、軽く頭を下げる。

「店にまで迷惑かけたなんて、ほんとごめん」

「いいよ、別に。昔のことだし、もう気にしてないよ」

それは本当だ。当時だって嫌がらせをされている自覚はなかったし、そもそも柴田のせいではない。悪いのは悪いことをした上司の娘だ。

柴田が「マジか」と目を丸くする。

「お前、天使だな」

「なんなら褒め讃えてもいいんだよ」

と、笑って肩をすくめる。そう、確かに当時は傷ついたがもう終わったことだ。柴田にも気にしてほしくなかった。

「じゃあそうしよう。ヨシヨシ」

まるで犬でも撫でるように、柴田が頭を撫でてくる。

「もう、それ褒めてないよね、別に」

美都が苦笑しながら体を引くのと同時に、柴田がなぜか苦しそうな目でこちらを見つめてくる。

なんとなく引っかかって彼を見つめ返したところで、店のドアベルが鳴り響いた。

「……あ、いらっしゃいま、せえっ!?」

お客様だと思って声をかけた美都の声が裏返る。

『OKAMURA』に入ってきたのは、なんと高虎だったのだ。

五章　冷血社長のウィークポイント

「あっ、社長じゃないですか」

「柴田か……」

高虎の鋭い目が、柴田に向かう。

ただ名前を呼ぶだけなのに、今日の彼にはどこか人を緊張させるような迫力があった。美都はハッと息を飲み、柴田におそるおそる目線をやった。

「えっと、あの、その……いらっしゃいませ」

美都はお店用の愛想笑いをして、高虎に軽く頭を下げた。

（なんでだろう……別になにも悪いことしてないけど、なんだか悪いことしたような気がしてくる……！）

そう、そうなのだ。

高虎が姿を現した瞬間から、美都はいたたまれない気分でそわそわしていた。理由はわからない。ただ高虎が今なにを考えているのか、異常に気になってしまう。

だが一方の柴田は余裕の笑顔で、

「社長も岡村さんとこのケーキ、好きなんですか？　俺もなんです。今から実家に帰るんですけど、ここのケーキ買ってこいってリクエストで来たんですよ」

と、袋を持ち上げて見せた。つくづく社交的な男だと、美都は感心するが、

「そうか」

愛想のないアンドロイド高虎は、柴田の声に無表情でうなずくと、そのまま美都と柴田の間を通り抜けて、ケースの前に立った。ほとんど無視である。

だがこういう高虎は、ル・ミエルで働いている人間なら、珍しくもなんともないので、美都はともかく、柴田は特に気にしていないようだった。

「じゃあまた会社で。来週、歓迎会があるらしいから、その時にゆっくり話そうな」

「あ、うん」

別にゆっくり話すことなどないのだが、とりあえずうなずいて、店を出る柴田を見送った。

「ありがとうございました」

振り返りながら手を振る柴田に手を振り返して、ドアを閉める。それから壁にかかっている鳩時計を見上げた。約束の五時にはまだ三十分ほどある。

「早かったんですね」

じっと微動だにせず、ショーケースを眺めている高虎の背中に呼びかけると、

「……邪魔したか」

と、低い声が返ってきた。

「別に邪魔にはなってないですよ。お客様のピークは過ぎてるし」

美都が笑ってカウンターの中に戻ろうとしたその瞬間。腕をつかまれて、体ごと引き寄せられた。

「ひゃっ！」

驚いて声を上げると同時に、ぎゅっと全身が抱きしめられる。

「ど、どっ、どうしたんです!?」

顔を上げると同時に、恐ろしく不機嫌そうな高虎と目が合った。

「な……なんですか……」

おそるおそる問いかけると、

「キスさせろ」

ドスの効いた低い声で、高虎がうめくようにささやいた。

「えっ、ダメですよ、約束したでしょ！」

まさか『お前を殺す』みたいな目と声で、キスを迫られるとは思わなかった。

美都は慌てふためきながら、プルプルと首を振る。

ここは公園でもなく、美都の実家だ。しかもお客様が来る店舗である。誰かに見られたらと、冷や汗が噴き出す。

「約束？　そんなのしたっけか」

「しましたっ」

高虎ときたら、あっけらかんと美都の言葉を一蹴し、グイッと美都の腰を引きつけた。そしてささやく。

「ほかの男に気軽に触られるな」

鋭い目は熱っぽく、低い声は微かにかすれ、どこか懇願に似ていた。

そこでようやく気がついた。

（えっ、もしかして……もしかしてだけど、ミツ君に……し……嫉妬した？）

頭を撫でられただけで、嫉妬するもなにもないだろうが、そうとしか思えなくなった。

（偉そうなのに……高いところから言われているけど、そんな感じはしない。こんなこと言ったら変かもしれないけど……子供みたい）

ちょっぴりやきもちを焼いているのだと思ったら、途端に美都の肩からフッと力が抜けた。

「ここは私の実家で大事なお店です。誰かに見られたら困りますもん」

そして微笑みながら、手のひらで、安心させるようにトントンと高虎の胸を叩いた。

すると、それまでお前を食ってやると言わんばかりの噛みつくような目をしていた高虎が、不服そうな顔をしながらも、美都を抱いていた腕から力を抜く。

「……そうだな」

高虎は、美都の頬を指の背で撫でると目を細める。

そうやってしばらく美都の頬を撫でたあと、ふと思いついたように、

「見られないところならいいんだよな」

とささやいた。

「……へ」

「あとの楽しみにしておく」

高虎は口角を微かに上げ、それからショーケースの中に視線を戻した。

「いくつか買って帰ろう。いいか」

「え、あっ、はいっ！」

美都は急いでカウンターの中に戻る。

（えっ、あと？　あとってこのあと!?）

もしかして墓穴を掘ってしまったのか。それとも高虎のちょっとした冗談だったのだろうか。わからないが、胸の高鳴りは抑えきれそうになかった。

五時まで働いたあと、母屋のほうに挨拶に行っていた高虎を迎えに行き、美都オススメの、商店街の端にある中国人親子がやっている小さな中華料理店に入った。顔見知りの店なので男性と一緒にいることを冷やかされ慌ててしまったが、高虎は平然としていて、なんだかひとりで照れている自分のほうが恥ずかしくなってしまった。

明日には商店街中に広まっていそうでもある。

食事を済ませ、店を出たあとは、タクシーを拾ってマンションに帰宅する。

「おいしかったでしょう？」

「ああ」

「水餃子と春巻きがほんと絶品で」

コーヒーと『ＯＫＡＭＵＲＡ』のベリーパイを食べたあと、先ほど食べた春巻がいかに手が込んでいるのかを、食器を片付けながら、風呂上がりの高虎に説明する。

「自分で作ると、具沢山でカラッと揚げるのは難しいんですよね～」

作ったわけでもないのに、自分の手柄のように自慢をする美都を見て、高虎はフッと笑った。

「お前、食い物の話をしている時が、いちばん幸せそうだな」

「なっ……まぁ、そうですけど。食いしん坊なのは自覚してますけど」

高虎に、食い意地ばかりはっていると思われるのは恥ずかしかったので、言い訳のように口にする。

「でも、作るのも好きです。うちもそうですけど、今日行った中華屋さんみたいに、家族でお店やってるの見たら、素敵だなって思いますし」

「——俺は嫌だ」

「え？」

なにが嫌なのかわからなくて、首をかしげた。

髪をタオルで拭いていた高虎は、自分に向けられる美都の視線にハッとしたように目を見開いた。

「いや……その……俺は死ぬほど不器用だから。無理と、言いたかった」

「あ、そうなんですね」

美都は笑ってうなずいたが、一瞬自分たちの間に流れた空気は、いったいなんだったのだろうと、首をひねる。

(二人でお店をするって思ったのかな？　さすがの私も、そんなことは全く考えてないけど……)

おかしいなと思いつつ、高虎に説明する。

「店を持ちたいとかそういう具体的なことじゃなくて、楽しい時も、そうじゃない時も、ふたりで支え合って生きる、そういう家庭が、いいなって……思うんです」

「……そうか」

ベッドに腰を下ろした高虎は、やはり美都の言葉を聞いているような、いないような無表情だった。

(やっぱりなにか、変な感じする……)

ここの引っかかりを適当に流してしまったら、あとあと後悔する気がした。

「あの……」

「風呂、入ってこいよ」

唐突に、美都の言葉を遮るように高虎が顔を上げ、まっすぐに美都を見つめる。

射貫《いぬ》くような熱っぽい瞳に、心臓がドキッと跳ね上がった。

高虎が男の目をして自分を見ている。

「お前が欲しい」

そしてストレートに美都を誘惑している。

「え、あの……」

心臓が信じられないくらい、早鐘を打つ。全身の血が駆《か》け巡《めぐ》って、美都の体温を上げていく。

耳や頬のあたりが熱くなって、うまく息が吸えなくなった。

「そのつもりで、いてくれ」

高虎が念押しのようにはっきりと口にする。

(そ、そのつもり……その、つもり……?)

全身にありえない速度で血が周る。けれど高虎は目を逸らさない。

美都がなにを考えているのか、探ろうとする、強い目をしていた。

(そっ、そんな目で見ないでーっ!)

ゴクリと息を飲んで、美都はするすると後ずさり、そのまま無言でバスルームへと飛び込んでいた。

「どうしよう……どうしよう」

だが、髪を洗い、体を洗い、すべての工程を意識してゆっくり行ったとしても、気がつけば一時間で終わってしまっていて。かといって、バスルームから出ると、準備が整ったと思われるわけで。そうなれば決断しなければならない。

（私、どうしたいの……）

半泣きになりながら、鏡の中の自分を見つめた。

無駄に時間をかけてブローした髪はツヤツヤサラサラで、しっとりと輝いている。

湯上りの肌はほんのり桜色で、ピカピカしていた。

（逆になんかこう……気合入れてるみたいになってしまった……）

はぁ、とため息をつくと同時に、

「おい」

「ひっ！」

脱衣所のドアの外から声がかかった。思わず悲鳴を上げてしまったが、次の瞬間、容赦なくドアが開く。

「きゃー！」

一応素肌にバスローブは身につけているが、いきなり脱衣所のドアを開けるなんて破廉恥極まりなさすぎる行為だ。ひどいと抗議の声を上げようとした瞬間、

「なんだ、溺れてるのかと思った」

と、高虎がホッとしたように目を細めて美都を見下ろす。

(あ、そうか……私がなかなか出てこないから、心配してくれたんだ)

早合点した自分が恥ずかしい。少し照れながらうなずきバスローブの前をぎゅっとつかむ。

「だっ、大丈夫です」

「ああ、そうみたいだな」

そして高虎は脱衣所に足を踏み入れ、しゃがみ込んだかと思ったら、美都の膝裏に手を入れ、軽々と抱き上げた。視界が急に高くなって体が宙に浮く。

「えっ、ちょっと!」

「暴れるな」

高虎は美都をお姫様抱っこの要領でベッドまで運び、そのままシーツの上に押し倒してしまった。

「ちょ、あの、あのですねっ……」

この期に及んでまだすべてを受け入れる決心ができない自分を情けなく思いながら、美都は高虎を見上げる。

「なんだよ、美都」

のしかかってくる高虎の大きな手が、美都の額に触れ、髪をかき上げる。そしてさらさらと通っていく指通りに、心地よさそうに微笑むと、前髪の生え際に口づけを落とす。

「俺に触られるのが嫌か」

彼が身じろぎするたびに、ギシ、とスプリングがきしむ。

「い、いや、じゃ、ないですけどっ……」

そう、だから困っているのだ。嫌じゃない。嫌いじゃない。むしろだんだんふたりでいることに心地よさを覚えているから、悩んでしまうのだ。

こんなに早く彼の胸に飛び込んで大丈夫なのかと、不安になる。

「……私」

「ん？」

美都を容赦なく押し倒しておきながら、その声は案外優しかった。

「私で、いいんですか……」

すると高虎はフッと笑って、

「俺こそ聞きたい。お前、相変わらず俺に抱かれたくないのか」

と、尋ねる。

「それは、その……」

自分でいいのかと尋ねるなんて今更だった。安心したくて、彼に私でいいと言ってもらいたいだけなのだ。そのことに気がついて顔が羞恥に染まる。

「むしろ最初から俺はやる気満々だろう。疑われるいわれはない」

「そ、そうでしたね……」

社長室に呼び出されて、いきなりキスされて。その後の態度も一貫している。

(すぐキスしようとするし、実際するし……)

確かにやる気満々と言われれば、そうなのだろうとしか言いようがなかい。

「言えよ」

高虎は迫り、ささやく。

熱に浮かされたような声で。

「俺に抱かれたいって、言え」

彼の声は低く、相変わらず他人を威圧するような迫力があったけれど、自分に向けられたその命令はとても『甘かった』。彼から懇願されている気がした。

その瞬間、美都の心に火が灯る。

「……抱かれたい……です」

高虎の命令に応えたその瞬間、興奮で全身に例えようのない震えが走った。

（そうだ。そうなんだ。私、この人に抱きしめられたい。強く、ギュッと抱きしめてほしいんだ）

「だよな……」

高虎は色っぽく微笑み、上半身を起こすと、首の後ろをつかんで着ていたTシャツを引っ張り上げて脱ぎ捨てる。

そして美都の着ていたバスローブに手をかけた。

「いっ、いきなり脱がせるの!?」

「脱がなきゃやれないだろ」

「そうですけど……」

やはり自分の裸を見られるのは恥ずかしい。

なのに高虎ときたら、

「そういうのが好みなら、今度社長室でやってもいいが、基本俺は裸でベッドの上がいい」

と、頓珍漢な返事をよこしてきた。

どうやら着衣でそういうことをしたいと、思われたようだ。

「なっ、なにそれ……そんなわけないじゃないですか……いや、それ以前に、神聖な職場をそんな風に使わないで……フフッ……えっちなビデオじゃあるまいしっ……ふふっ……あはは」

思わず美都は笑ってしまった。

自然と肩から力が抜ける。

すると高虎はそんな美都を愛おし気に目を細めて見つめたあと――。

足を撫で、そして持ち上げると、膝小僧に柔らかくキスを落とした。

「……っ、あ……」

美都がビクンと体を揺らすと、今度は太ももの内側に歯を立てた。

柔らかい部分に噛みつく高虎は、獲物を前にした獣だ。

「ちょ、あの……」

身悶《みもだ》えして足を降ろそうとしても、しっかりと膝裏に入った高虎の手がそれを許さない。そして熱い舌が、唇が、音を立てながら美都の足の間に、深く入っていく。

「や、め、……」

思わず高虎の髪をつかむ。けれど彼は髪をつかまれたまま、顔を上げ不敵に微笑んだ。

「お前……毎日毎日、俺のこと煽《あお》りまくって、無事に朝が迎えられると思うなよ……」

その瞬間、美都はまるで大きな渦に飲み込まれたような気がした。

ふわふわと体が浮いている。

全身が甘い痺《しび》れに包まれて、冷たいシーツの感覚が気持ちがいい。寝返りを打つと後ろから腕が伸びてきて、そのまま抱き寄せられた。

「……美都」

後ろから低い声が響く。

手のひらで肩を丸く撫でたあと、唇が肩甲骨のあたりに触れた。

「……こっち向けよ、美都」

声は聞こえるけれど、声が出ない。というか、そんな体力が残されていない美都は、小さく「ん……」とうなずく。

するど高虎は裸の体を起こし、美都の体を軽々と転がして向かい合わせになった。

「……こっち向けって言ってるのに」

少しすねたような声に、美都はふにゃっと笑みを返す。

「そうはいっても、もう私のライフはゼロなんですよ、高虎さん……」

いつの間にか高虎と呼ばされていた。というか、それが自然だと思うような流れだったので、案外するりと呼べるようになっていた。

美都の男性経験は、当然柴田ひとり。柴田もなかなかサービス精神の旺盛な男で、美都も嫌いではなかったが、高虎のそれはなんと形容していいかわからない、激しくて、強引で……自分が知っているどんな経験とも違っていた。

(なんだか新しい扉開けちゃった感が……ある)

美都がフッと笑うと、

「なに笑ってんだ」

高虎が、同じように笑いながら美都の額に顔を寄せてくる。

物言いは割と雑でそっけないが、彼の手や目はいつも美都をまっすぐに求めてくる。

(この空気、好きだな……。なんだか自然で、落ち着く。優しい感じがする)

目を開けて高虎をじっと見つめると、彼の目に自分の輪郭が映っているのがわかる。

「高虎さん、好き」

その瞬間、高虎は切れ長の鋭い目を見開いて。それから嬉しそうに目を細め、唇をニヤリと上げた。

「そんなこと、言っていいのか」

「え？」

「また欲しくなる」

高虎の目がキラキラと輝き始める。

嘘と思いたいが本気だろうか。思わず目が泳いだ。

「えと……」

「いや、今日のところは勘弁してやる」

そして美都の頬にかかる髪を指で払い、口づけた。

「今日？」

「今日……いや、夜が明けたら、リセットだな」

ということは、また今晩もこんな目にあわされるのだろうか。

「あの、ほどほどでいいです」

「ちょうどいいという意味のほどほどか？　俺のほどほどとお前のほどほどが一致するかが悩みどころだな」

「もうっ……」

美都がたまらず笑いだすと、高虎も笑う。

ごく自然に体を寄せ合って、唇を重ねていた。

(幸せ……)

ああ言えばこう言う高虎だが、美都は間違いなく、この瞬間幸せだと思っていたし、結婚するのもありかもしれないと思っていた。

間違いなく、この時間までは——信じていたのだ。


「ルルルル～♪」

朝から陽気な鼻歌が止まらない。朝一番、ル・ミエルに出社した美都は月曜恒例の掃除に取りかかっていた。もともと掃除好きではあるが、さらに高虎と結ばれたばかりで、自分でも若干浮ついている自覚がある。モップを持つ手にも自然と力がこもるし、意味もなくスキップしたくなる。

(なんだかまだ夢を見ているみたい……)

ふと、太陽の光に照らされて、眩しそうに眉を寄せる寝起きの高虎の顔を思い出して、胸がキュンと跳ねる。

恋をすると些細《ささい》なことでこんなに幸せな気分になるのかと、懐かしいような恥ずかしいような、不思議な気分だった。

「トゥルル〜♪」

鼻歌交じりに床にモップをかけていると、出社してきた千絵に、

「ごきげんだねー」

と、肩を叩かれる。

「おはよう」

と振り返ると同時に、どうやら一緒に入ってきたらしい柴田がフフッと笑いながら、美都を見つめ、笑いをこらえるように目を細めた。

「その下手な鼻歌。やばいな」

「えっ、やばい？」

美都はモップを持ったまま千絵と柴田を見比べた。

「うん、まぁ、ちょっとね。でもミンミンぽいよ」

「やばいのが私っぽいってダメじゃない？」

「ダメが悪いわけじゃないってことだろ」

「いや、フォローになってないしね」

そして持っていたモップで、わざと柴田の足もとをゴシゴシとこすりながら突進すると、

「きゃー！」

柴田がおかしな裏声で悲鳴を上げ、千絵の背後に回る。

「ちょっともー、やめてよふたりとも。子供じゃないんだから」

呆れる千絵の周りをふたりでぐるぐる回っていたら、

「朝から騒がしいな」

低い声が頭上から聞こえてきた。高虎である。相変わらず迫力満点だ。

「はっ、社長、おはようございます！」

千絵がキリッとした表情で頭を下げる。続いて柴田も立ち止まり、「おはようございます」と頭を下げつつ、背後から勢いよく追いかけてきた美都の肩を押さえて抱きとめた。

「こら、いつまでも遊んでんなよ」

まるで小さな子をたしなめるような言い方だ。

しかもちょっと笑っている。

「む……」

（最初に突っかかってきたのそっちなのに……）

内心柴田にムカつきつつも、言い返せず、高虎に「おはようございます」と挨拶をする。

「……おはよう」

高虎は無表情のまま、社長室へと入っていった。完全にその姿がドアの内側に消えてから、千絵が独り言のようにつぶやいた。

「相変わらず謎の迫力があるわね」

「まぁ、確かに。社長っていろいろ謎だよな」

柴田も同意しながら、意味深な目線を美都によこす。

「お前、なにか知らない？」

「えっ、なにかってなに！　私が知ってるわけないじゃん！」

「そりゃそうだよな」

思わずしどろもどろになってしまったが、ふと、そういえば高虎の向かって左の鎖骨の下に、小さなホクロがあったということを思い出して、頬が熱を持ち始める。

（あれは……恋人である私しか知りえない特権なのでは……？）

そう思うとニヤニヤしてしまう。それを見た柴田が怪訝そうに目を細め、首をかしげたが、うつむいた美都はその視線に気づかなかった。

その日の夜、食事の準備をしている美都の携帯に、高虎から電話がかかってきた。

『すまんが、今日は遅くなる。時間がわからないから、起きていなくていい』

「あ、そうなんですね。わかりました。お食事はどうしますか？」

『――食べる暇もなさそうだから、帰ったら食べる』

「わかりました。食事は冷蔵庫に入れておきますね」

『悪いな』

そして通話は唐突に切れた。余韻もへったくれもないが高虎らしいといえばらしい気がする。

「食事も取れないっていったいなんのお仕事だろう……大丈夫かな」

美都はため息をつきながら、並べたお皿にラップをかける。ふと、千絵や柴田とかわした朝の会話を思い出して、胸の奥がざわめいた。

「そういえば私、高虎さんのことなんにも知らないなぁ……」

例えばどこ出身なのか。家族構成はどうなっているのか。兄弟はいるのか。今までどんな風に生きてきたのか。

彼は『OKAMURA』のついでとはいえ、自分のことをあれこれと調べて知っているのに、こちらはなにも知らないのである。

「曲がりなりにも結婚しようなんて言っておいて、ちょっと変だよね……」

別に釣り書きを持ってきてほしいわけではない。ごく当たり前のことを知りたいだけだ。

せめて家族のことくらいは知っておきたい。

高虎さんが帰ってきたら、聞いてみよう。

美都はそう心に決めて、彼のために用意していた食事を冷蔵庫にしまった。

だが高虎が帰宅したのは、深夜どころかほぼ明け方だった。一度眠ったらなかなか目を覚まさない美都だが、おそらく気が張っていたのだろう。人の気配がして咄嗟《とっさ》に体を起こすと、

「すまない、起こしたか」

と、高虎が薄暗闇の中から声をかけてきた。

「……いえ、大丈夫です」

高虎の帰りを待って一時くらいまで起きていたのだが、こんなに遅くなるとは思わなかった。

ベッドから降りてキッチンへと向かうと、高虎が少し疲労した顔で、コップに注いだ水をあおるように飲んでいた。

「お茶漬けでも作りましょうか？」

声をかけると同時に、コップを置いた高虎が手を伸ばし美都の手をつかんで抱き寄せていた。広い胸に抱かれて、包み込まれるように腕が背中に回る。

彼のジャケットからはタバコの匂いがした。

高虎は喫煙者ではないので、仕事を一緒にしていた人が吸っていたのだろうか。

「……高虎さん？　やっぱりいらないですか？」

「いや、いる。食う。お前のメシが食べたい」

そう言いながら、腕に力がこもった。

「わかりました。昨日の夜ごはんが、ホッケだったので、それをほぐしてお茶漬けにしますね。すぐできますから」

高虎の背中をトントンと叩いて、体を離し冷蔵庫を開ける。

すると今度は背後から高虎の腕が回ってきた。なにをするわけでもない、そのままぎゅうぎゅうと抱きしめられてしまった。

「そうやって拘束されてると、料理しづらいんですが」

美都が肩越しに振り返ると、

「ワガママを言うな」

と、なぜか叱られてしまった。

「もう、どっちがワガママなんですか」

苦笑する美都だが、高虎には通じないようだ。結局、不自由な体勢のままお茶漬けを作る羽目になってしまった。

さらさらとお茶漬けを食べる高虎と、テーブルを挟んで向かい合って美都はお茶を飲む。

その様子を見ながら、ふと、思ったことをそのまま口に出していた。

「高虎さんって、箸の持ち方とか、食べ方とか、すごく綺麗ですよね」

美都が知る限りコンビニ弁当が主食であるはずなのに、箸を持つ高虎はなぜかとても端正なのである。まるでお箸の持ち方見本のように、食事姿が綺麗なのだ。

「普通だろ」

高虎はどうでもよさそうに言い箸を進めるが、とても普通とは思えない美都は首を振る。

「そんなことないですよ。きっとご両親の教育の賜物《たまもの》なんですね」

美都としてはただの世間話のつもりだったのだが――。

その瞬間、パチン……と高虎が箸をテーブルに置いた。

「高虎さん？」

いったいどうしたんだろうと声をかけると、目を伏せた高虎が、ゆっくりと顔を上げた。

「美都、お前に言っておくことがある」

「なんでしょうか」

改まってはいるが、別に険悪な雰囲気になっているわけではない。

どうしたのかと、頬杖《ほおづえ》をついていたのをやめて向き合うと、彼は静かに言葉を続けた。

「俺の両親のことだが」

「……はい」

「いることはいるが、今後はいないものと思ってほしい」

「え？」

あまりにも強い言葉に、心臓がドキッとした。

「あの……それは、どうしてですか？」

美都の両親は早くに亡くなっているが、世の中の親子がすべて良好な関係を保っているわけではないということくらい想像はつく。そこまで世間を知らないわけではない。

高虎もそうなのだろうか。いったいなにがあったのだろう。

だが高虎の返事は一切を拒否する言葉だった。

「お前に話したくない」

「……そう、ですか」

その瞬間、胸の真ん中あたりがすうっと冷たくなった気がした。

高虎はまた箸を持ち、どこか乱暴にお茶漬けをかき込むと、無言で席を立ち、バスルームへと向かう。

そんな彼の後ろ姿を見ながら、美都は唇を噛みしめていた。

（お前に……ってどういう意味だろう。私は信用できないってこと？）

もちろん、彼には彼の事情がある。だがせめて理由くらい話してくれてもいいのではと思ってしまう。

だがそれは果たして踏み込みすぎなのだろうか。

高虎の言葉は、能天気を自認する美都の心に、強く引《ひ》っ掻《か》き傷《きず》を残したのだった。

それから数日、なんとなくスッキリしない気分で、美都はパソコンのディスプレイを見つめ、ムムムと唇を噛みしめていた。

当然頭の中は、高虎のことでいっぱいだ。

家族の問題というのはデリケートな話である。けれど一応、自分は結婚を前提に彼と付き合っているわけで、無関係とは言えないはずだ。

すべてを話せと無理強いはしたくないが、せめて話せないなら話せないわけを聞かせてほしい。

だが高虎は『両親はいないものと扱ってほしい』というだけだった。

(でもこれって私のエゴ？　なにも聞かず、それを受け入れるのが、愛情なのかな……)

美都はもう高虎を本気で好きになっていた。彼に恋をして、当然のように彼をもっと知りたいと思い、同時になにか悩みがあるなら、支えたいと思っている。

だが高虎にそれは不要だと言われたら踏み込めない。

踏み込んで、嫌われたくないと思ってしまう。

「――用度の発注書相手になんでそんな険しい顔してんだよ」

突如、首筋に冷たいものが押しつけられた。

「ひゃっ!?」

驚いてのけぞると、背後から覗き込むように柴田がお茶のペットボトルを片手に立っていた。

「なによ、もうっ、びっくりしたじゃない!」

「これ、コンビニでもらったからやる」

くじの景品らしいペットボトルを差し出されて、

「あ、ありがとう」

と受け取った。

気がつけば昼休みだった。柴田は隣の椅子を引いて座り、コンビニ袋をデスクの上に置く。

どうやら美都の横でランチをするつもりらしい。

なんでここで、と思ったが、あっちに行けというのも意地悪なような気がして、美都は口をつぐんだ。

「で、どうしたんだ」

「どうって……別に。なにもないよ」

まさか高虎とのことを話せるわけがない。美都もバッグからお弁当を取り出した。

「なにもないってさぁ……。まぁ、俺に話したくないってだけかもしんねぇけど」

柴田は「いただきまーす」とのんきな様子でハムレタスサンドを口に運ぶ。

「一応これでも、昔からの友達として心配してんだよ」

「ミツ君……」

彼の優しさに一瞬ほだされそうになったところで、

「あ、ベーコンアスパラちょうだい」

と、お弁当の中からヒョイとおかずを取られて、仰天した。

「うめーな」

「もうっ……」

あっけらかんとした態度にため息をつきながらも、美都は笑ってしまっていた。

些細なやり取りだが肩の力が抜けた。

そうだった。彼はこういう緩急が絶妙で、人をホッとさせるのが上手な男なのだ。

そして昔の自分は、そんな柴田に惹かれたのだ。

少し懐かしいなと思いながら卵焼きを口に運ぶ。

「てかお前、いま俺のこと〝ミツ君〟って呼んだの、わざと？」

柴田がコーヒーでサンドイッチを流し込みながら、長い足を組んで首をかしげる。

その目はどこか面白そうに輝いていて、美都はかなり慌ててしまった。

「え？　ほんとに？　名前で呼んだ？」

そんなはずないと思いながらも、そういえば口にしたような気もする。以前、柴田が東京にいた頃は気を張っていたのでそんなことはなかったのだが、年数が経《た》って気が緩んでしまったのだろう。

「呼んだ呼んだ。なんか懐かしかった。今後も呼んでくれていいけど」

「呼ばないよ、今のは事故ですっ」

「あ、そう」

柴田はニヤニヤと笑っていたが、ふと思い出したように組んでいた足を下ろし、美都の顔を覗き込んできた。

「そうだ。あとで回覧くると思うけど、来週の土曜日、俺の歓迎会らしいから」

「土曜日？」

歓迎会なら普通は金曜の夜に開催する。休みの日にわざわざ集まるとはどういうことだろう。

首をひねる美都に、柴田は卓上カレンダーを指差して日付の上をトントンと叩く。

「ほら、その日毎年恒例の花火大会じゃん。ついでにやるんだよ」

「あ、なるほどね」

ル・ミエルの入っているシブヤデジタルビルの屋上で、隣の区で行われる花火大会の観覧をするのが、毎年の恒例行事となっていた。

「絶対来いよな。来なかったら、あることないことしゃべってやるからな」

柴田は非常に悪い顔をしながら、脅《おど》しをかけてきた。

「い、行くよ、行きますって」

今の柴田を避けるのも、かえって不自然だ。

もう彼とはただの友人でそれ以上の関係ではないのだから。

美都はコクコクとうなずいて、デスクの上に置いてあった卓上カレンダーに丸印をつけたのだった。

六章　花火と、涙と

話し合いをしたいと思いつつも、それから高虎の帰りはほぼ毎日遅くなった。

土日も関係なく、深夜を回った頃に疲労した様子で帰ってきて、美都の用意した夜食を食べ同じベッドで眠る。高虎はベッドの中に入っても美都を求めてはこなかったが、その代わり必ず抱きしめて眠るようになった。

そうしてもらえると、彼のそばにいていいのだと、彼には自分が必要なのだと安心できて、心が休まる。

漠然とした不安は消えなかったが、美都にとって間違いなく幸せな時間だった。

(今は忙しいみたいだから、ご両親のことは落ち着いてから聞いてみよう。話したくないなら詳しく話してくれなくてもいい。でも蚊帳《かや》の外は嫌なんだと言ってみよう)

まるでぬいぐるみを抱くように、自分を抱きしめて眠る高虎の端整な顔を見つめながら、美都は彼の胸に顔を埋《うず》める。

少しの間、不安に思うこともあったけど、きっと高虎は自分の気持ちをわかってくれるはずだ。

自分はこんなに彼に必要とされているのだから……。

そして迎えた土曜日の朝だが、今にも降り出しそうな曇り空で、花火大会を楽しみにしていた美都は、少し不安な気持ちになりながら、窓の外を眺める。

「この調子だと、花火どうなりますかね？」

「あまり激しい雨だと中止になるしな。なんとかもてばいいんだが」

「予報はどうですか？」

カウンターに座って、タブレットでニュースをチェックしている高虎の前に、食後のコーヒーを置く。

「天気予報によると夜から雨の確率が高いらしい」

「そうなんですか……」

明らかに気落ちする美都を見て、高虎はタブレットから顔を上げ、美都の腰を抱き寄せた。

「花火が見たいなら、次もあるだろう」

「それはそうなんですけど、会社の屋上から見る花火は特別なんです」

ル・ミエルの従業員はみな仲が良く、花火観覧も毎年の楽しみなのだ。

それに今年は去年とは違う。自分には高虎がいる。職場では内緒にしているので、おおっぴらに振る舞うことはできないけれど、楽しい時間はやはり一緒に過ごしたい。

「高虎さんはやっぱり来ないんですか？」

ありとあらゆる歓迎会や飲み会に、金は出すが顔を出さないとわかっているが、つい未練がましく聞いてしまった。

「俺が行っても誰も喜ばないだろう」

そう言って高虎はタブレットでニュースをチェックしている。

「そんなことないです。私は喜びます」

「……」

美都の言葉に、高虎は手をとめて、なんとも言えない複雑そうな表情を作った。

迷っているように感じた美都は、ダメ元でさらに言ってみることにした。

「実は浴衣《ゆかた》を着ていくつもりなんです」

「は？」

珍しく目を見開く高虎に、美都は若干食い気味で説明する。

「普段の花火大会だと人混みで着崩れるけど、屋上ならその心配もないよねって、女子で浴衣着ようって盛り上がって、だから女子みんな浴衣姿で……私個人的には、高虎さんに見てもらいたいなって……思ってて」

恋する乙女の感傷と笑われるかもしれないが、これが高虎と一緒に今年初めての花火を見たいという理由だった。

「……浴衣」

高虎の言葉に、美都はコクコクとうなずく。

「そうなんです、浴衣。私の浴衣、おばあちゃんが買ってくれたやつで、白地で、鳥とお花の絵柄で、柄もおしゃれで――」

必死に説明していると、そのまま高虎が椅子から伸び上がるように立ち上がり、唇がふさがれた。

「ん……ん、んんっ」

すぐに高虎の舌が唇を割って入ってくる。頭の後ろに大きな手が回ってガッチリと押さえ込まれてしまった。そしてそのままフワッと体が浮いて、彼の腕に軽々と抱き上げられていた。

「もう、びっくりした……」

「驚かせるつもりはなかったんだがな」

慌てて高虎の首の後ろに手を回して見下ろすと、彼は楽しげに唇の両端を上げて微かに笑う。いつもは高い位置から見下ろされてばかりだからこのアングルは新鮮だ。

「急にどうしたんですか？」

「むしろそれは俺のセリフだろ」

高虎は鋭い目を細め、挑戦的な眼差しで美都を見上げた。

「お前が煽るようなことを言うからだ」

「……浴衣のこと？」

「他の男に見せたくない。わかるだろ」

あくまで真顔の高虎の言葉に、一瞬冗談を言われたのかと思った美都の心臓が、キュンと跳ねる。

「高虎さんに見てもらいたいです……」

照れながらそう口にする。

（っていうか、私の浴衣をわざわざ見たいと思う人なんかいないのに）

けれど高虎の子供のような嫉妬が、美都は嬉しかった。

自分は彼に好かれているのだと、ドキドキする。

緩む頬を引きしめて、そっと高虎の前髪を指でかき分ける。

「来てくれますか？」

「……わかった」

高虎は不本意そうではあるが軽くうなずき、そして美都を抱き上げたまま部屋の端へと向かう。

「え？」

てっきり下ろしてくれるものだと思ったのに。どこに行っているのだと振り返ると、視線の先にはベッドがあった。

「あ、あの、え？」

「浴衣だからな。見えるところに跡はつけないでいてやる。ありがたく思えよ」

まさか朝から？　と目を点にする美都に、高虎は低い声でささやいた。

（ありがたく思えよって、なんで上から目線なの～！）

だが彼と体を重ねるのは、久しぶりだ。

ハグして眠るのも幸せだが、こうやって求められるのも女としてたまらなく嬉しい。

「……優しくしてください」

「努力する」

そういう高虎の目は熱がこもっていて、見つめられるだけで胸がきゅうきゅうと締めつけられる。

「……美都」

ゆっくりと押し倒されながら、首筋に押しつけられる高虎の唇の感触に戸惑いながらも、結局彼を愛している美都は、その独占欲を胸をときめかせながら受け止めたのだった——。


そうやって朝から高虎に念入りに愛された美都は、お昼過ぎになんとか身支度をして実家へと向かうことにした。正直いって疲れている気がするが、そこは花火のお楽しみで乗り切っている。

とにかく高虎は朝から食欲旺盛というか、美都の頭のてっぺんから爪先まですべてをくらいつくす勢いで、美都は受け止めるのが精いっぱいだ。

(でもまぁそれはそれで幸せだけど……)

緩む頬を引きしめつつ、

「おばあちゃん、ただいまぁ～」

と実家のドアを開ける。玄関には職場の女子たちの靴がすでに並べられていた。今日、浴衣を着たい女子社員は、雪子に着付けをしてもらうことになっているのだ。

「あ、ミンミーン、あたしたちの着付け終わったよ」

和室に顔を出すと千絵含めて四人の女性社員たちが浴衣姿で勢ぞろいしていた。

「華やかでいいわねぇ」

雪子はニコニコと微笑みながら、満足げに微笑んでいる。

確かに、彼女たちの浴衣は華やかな蝶柄や朝顔、花火や金魚、確かに色とりどりで華やかなことこの上ない。お互いにかわいい、かわいいとはしゃいで自撮りを始めて、少しの間、大騒ぎだ。

「そういえば今日、社長来るらしいね」

「あ、そうなんだ……？」

女子社員たちの間で、高虎の話題が出て心臓が跳ねる。

「たまには社長も私たちと親睦を深める気になったのなら、いいことだよ」

好意的に受け止められていて、ちょっとだけほっとした。

そうやって女同士ではしゃいだあと、千絵が携帯でタクシーを呼ぶ。これから全員で会社に向かうらしい。

「じゃあ私たち、先に行って準備してるね。あ、ミンミンはゆっくりでいいからね！ではおばあさま、ありがとうございました」

「うん、じゃあまたあとでね」

ヒラヒラと手を振り、千絵たちを雪子が見送りに玄関に向かったのを確認して、慌ただしく姿見の前で服を脱ぎ、長じゅばんを身に着ける。雪子に素肌を見られないようにだ。

(高虎さん、全然遠慮してないし……!)

長じゅばんの下の肌には、高虎につけられた口づけの跡がいくつもくっきりと残っていた。

(なんていうか……ほんと普段は無表情なくせして、ずるい……)

服を脱いだ高虎は、文字通り裸の本能で美都を抱く。

欲望に潤んだ目、微かにかすれた声、息遣い。なにもかもが美都の心を捉えて離さない。だから美都は彼の望みをなんでも叶えてあげたくなってしまい、こういうことになる。

(もしかして私、けっこうMっ気があったのかな……)

わりと世話好きな自覚はあったが、高虎といると余計そんな気がしてくる。

体を重ねている時は無我夢中だが、数時間前まで激しく愛し合っていたかと思うと、無性に恥ずかしくてたまらなくなってしまった。

「あら、もう長じゅばん着たのね」

「あ、うん……」

キスマークを見られたくなくてとは言えず、えへへ、とあいまいにうなずいた。

浴衣を羽織って、鏡越しに雪子の顔を見つめる。

「——あのね、今日は初めて高虎さんも顔を出すの。いつもこういう場には来なかったから、みんなちょっと張り切ってるんだ」

「今のところ、楽しくやってるみたいね」

雪子はてきぱきと浴衣を着つけ、帯を手に取った。

「うん。今のところ……って、そんな不吉なこと言わないでよ、おばあちゃん」

わざと大げさに怯《おび》えた顔をする美都に、背後の雪子はウフフと笑いながら帯を結んでいく。

「まだ始まったばかりじゃない。人生は長いんだから、いろいろあるわよって言いたかったのよ」

「いろいろ……」

「そうよ。いいことも、悪いこともあるわ。はい、できました」

恋の始まりくらい、楽しいことばかりでいてほしいと思ってしまう自分は、甘いのだろうか。とはいえ、今日の花火は〝楽しいこと〟に違いない。

「ありがとう」

姿見の前で背中の帯をチェックしながら、高虎は喜んでくれるだろうかとそんなことを考えていると、廊下側からスッと襖《ふすま》が開いて、昭二が顔を覗かせた。

「美都、お前にお客さんだ」

「お客様？」

着付けの約束をした社員たちは全員来たはずだ。いったい誰だろうと首をひねる美都に、なぜか渋い表情の昭二は一枚の名刺を差し出した。

「なんだか嫌な予感がするんだがよ。どうする。会わねぇなら、追い返してやってもいいぜ」

美都は名刺を受け取って眉をひそめる。

「……旗江グループ……秘書室長……？」

名刺には【旗江グループ秘書室長 金澤聡史《かなざわさとし》】と書かれていた。

旗江というのはもちろん高虎の名字である。

だがル・ミエルには秘書などいない。高虎は自分でスケジュール管理をしており、その情報は基本的に社内システムで全員で共有する仕組みになっているからだ。

「……ううん、会ってみる」

どうしようもなく胸騒ぎがしたが、無視はできなかった。

慌ただしく客間へと向かう。

「金澤と申します」

雪子が冷たい緑茶が入ったグラスを置いて、障子を閉めると、テーブルを挟んだ向こうに座った彼は、丁寧に頭を下げた。

昭二が客間に通したのは、きっちりとスーツを着た四十代くらいの男性だ。細身で冷ややかな容貌《ようぼう》が、ただ者ではない雰囲気を醸し出している。

(金澤さん……頭良さそう……棋士《きし》にいそう……)

そんなことを思いながら、美都も頭を下げる。

「岡村美都です」

この場には美都と金澤のふたりきりである。昭二はとにかく怪しんでいたが、とりあえず美都ひとりで会うことにしたのだ。

(おじいちゃんの言う通り、嫌な予感がする。たぶん楽しいことじゃない……。でも聞かないわけにはいかない)

「あの、率直に聞きますけど旗江グループって……?」

意を決して問いかける。

「高虎さんの四代前にあたる旗江易二郎《やすじろう》が明治時代に始めた不動産業を起源としまして、ホテル業、また鉄道関係からの流通、さらに百貨店や商業施設など併せて現在は七つのグループを擁した、一大グループです」

おそらく慣れているのだろう。さらさらとよどみなく言われて、美都は一瞬、なにを言われたかわからなくなる。いや聞き取れはしたのだが、理解が言葉に追いつかないのだ。

「あの……埼玉にある野球チームの……？」

「オーナーです」

金澤は小さくうなずいた。

（嘘……！　旗江グループって……CMとかで見るけど、あの旗江グループ……ってこと⁉）

美都の脳裏に、好感度一位の女優が微笑みを浮かべるコマーシャルが浮かぶ。

「そっ……それで……高虎さんとどういう関係があるんでしょうか」

「高虎さんは……跡取りということになります」

「えっ……」

美都はその一瞬、息が止まりそうになった。

名字が同じだから親族だろうとは思っていたが、まさか跡取りだとは思わなかった。

呆然としていると、金澤が念押しする。

「現在の代表取締役である社長の長男ですから、正式な跡取りです」

「そっ、そうだったんですか。知りませんでした……」

旗江グループの存在は、不動産で都内にいくつもビルを持っていること、プロ野球チームのオーナー企業であることくらいは知っている。

だが今の今まで、高虎がイコールで結びつかなかったのだ。だがそれは自分だけではないだろう。会社でも、高虎があの旗江グループの血縁者であることなんて、誰も知らないはずだ。

「高虎さんは、高校も大学もご自分で選び、大学在学中にお菓子の輸入会社を始められて、今に至るわけです。その頃から周囲には旗江グループとは無関係だと振る舞っていました」

「それは……どうしてですか？」

「お父様とあまり良い関係を築けていないからです」

きっぱりと金澤は言い放ち、それから真面目な顔で美都を見つめた。

「そして今日は、岡村さんにお願いがあって参りました」

「なんでしょうか」

すると彼は座布団から降りて、持っていたバッグから分厚い封筒を取り出し、テーブルの上に置いた。

「調べたところによると、高虎さんはあなたと結婚する意思があるとか。高虎さんらしい社長へのあてつけだと思いますが、いよいよ社長の容体が一刻を争うような状況の今、こちらとしては早急にグループに戻っていただきたいのに、勝手に結婚などされては困るんです」

金澤は分厚い封筒を美都に押し出す。

「なので高虎さんと別れていただきたい」

「……え」

金澤の言葉に頭が真っ白になった。

(待って。いきなりすぎてなにがなんだか、わからない……)

差し出された封筒はなんなのか。

そしていきなりやってきて、別れろとはなんなのか。

「あの……あてつけって、どういうことですか？」

高虎が旗江グループの御曹司だったことも驚いたが、それ以上に美都の心をえぐったのは、金澤のその一言だった。

金澤はそんな美都の問いかけを聞いて、一瞬目を伏せる。だがすぐに顔を上げてまっすぐに美都を見つめてきた。

「……高虎さんは、昔からお父様である社長の決めることにしたがうのを嫌ってしました。特にお母様を病気で亡くされてからは、高校も、大学も、なにもかも、食べるものですら、父親に決められたくないと、拒んでいました。そして今から三ヶ月前、社長が病に倒れ、容体が日に日に悪化していくにつれ、長男である高虎さんに旗江グループに戻って身を固めてほしいと周囲が騒ぎ出しました。高虎さんは、戻って結婚することが社長の望みだと知って、反発されたんでしょう」

そして金澤は美都を冷静な目で見つめた。

「失礼ですが、ふたりのお付き合いは割と最近ですよね。あなたにとって高虎さんの求婚は唐突ではありませんでしたか」

「それは……」

唐突どころか、それまで彼と自分は、普段は挨拶程度にしか言葉を交わしたことのない、社長と事務員の関係だった。

それがいきなりアップルパイのレシピのおまけで結婚という話になったのだ。

美都の動揺を感じ取ったのか、金澤はさらに畳みかける。

「別にあなたでなくてもよかったはずです」

「……っ」

鋭い刃物で胸をひとつきされたような気がした。

目の奥が熱くなり、じんわりと涙が浮かぶ。

確かに、美都が結婚の理由を尋ねた時に、彼は『タイミング』だと答えた。それは要するに『父親に望まない結婚を押しつけられたタイミング』だったのだろう。

だから相手は誰でもよかった。

喉がギュッと締まり声が震えた。

「で、もっ……今は、私たちっ……ちゃんと……愛し……」

愛し合っているのだと言いかけて、ハッとした。

本当に――?

（結婚したかったのは、お父さんへのあてつけ……。彼は私に結婚する気になれと言ってきたけど、自分の気持ちは語らなかった。一度だって……好きだって言われていない）

そもそも彼にとって、自分は元から好きでもなんでもない女だ。これから先だって、好きになるつもりは微塵《みじん》もないのかもしれない。

ただ勝手に、美都が気持ちが通じ合ったのだと勘違いしただけで――。

涙を浮かべて唇を噛みしめる美都を見て、金澤は少し困ったように目線を彷徨わせる。案外厳しいだけの男ではないのかもしれないと美都は思ったが、そんなことはなんの慰めにもならなかった。

(私……好かれているって、これからもっと好きになってくれるって、思ってたんだ……)

確かに結婚のきっかけは突拍子もない提案だった。

だが高虎と過ごす時間の中で、お互いを知れた気がしていたのだ。まさか今でも本当に、彼が誰でもいいと思っているかもしれないなんて、思いもしなかった。

なにか言わなくちゃいけないと思うのに、頭がぼうっとして言葉が出てこない。

「それでは私は、この辺で……」

沈黙に耐え切れなくなったのか、金澤が立ち上がると同時に、

「おい、待ちやがれっ!」

バッと襖が開いた。そこには鬼のような形相の昭二が、まさしく仁王立ちで立って

いた。

「おじいちゃ……」

どうしたんだろう。まさか話を聞いていた？

一瞬腰を浮かしかけた美都の前で、昭二は背後を振り返る。

「雪子さん、塩っ！」

「はい、どうぞ」

背後にいた雪子が塩の入った壺の蓋《ふた》を外して差し出すと、昭二は壺に手を入れ、中身を金澤に向けてぶちまけた。

「おっ、おじいちゃんっ！」

目の前が塩で一瞬白くなり、金澤が咳《せ》き込《こ》む。

美都は慌てて金澤に駆け寄ったが、彼は特に文句を言うわけでもなく、バッグを持ち立ち上がった。

「――失礼しました」

「今度うちに近づいたらパイの具にしてやるからな！」

昭二はたいそうな剣幕だが、美都は玄関へと向かう金澤を追いかけていた。

「あの、祖父がごめんなさい、スーツ大丈夫ですか？　クリーニングを……」

「岡村さん、お気遣いなく。当然のことですから」

玄関で靴を履く金澤のスーツの塩を、慌てて払う美都だが、金澤は落ち着いた様子で振り返る。

上等そうなスーツは塩まみれだが気にしていないようだ。

「当然って……」

こうなることはわかっていたということだろうか。するとそれもなかなかつらい仕事だなと、悲しくなってくる。

「あの……高虎さんのお母さんは亡くなっているんですか……？」

以前高虎は『両親はいる』と言っていた。だが先ほど金澤は、高虎は母を亡くしてから余計に父とおりあいが悪くなったと口にした。

「はい。社長はその後再婚されましたが……。それでは失礼します」

金澤は丁寧に頭を下げ、そのままスタスタと玄関を出ていった。

「金澤さん……」

あれこれといっぺんに話を聞かされて、美都の脳は完全にキャパシティーオーバーで、めまいがしそうだった。

（旗江グループ……ご両親のこと……高虎さんに直接聞くまでもなくいっぺんに知っ

てしまった。これからどうしたらいいのかな……）

確かに下町のケーキ屋の孫娘と、グループ企業の御曹司では住む世界が違う。釣り合わない。彼にはしかるべき結婚相手がいて当然なのだ。別れろと言われるのも当然かと思う。

（私は高虎さんが好き……別れたくなんかないけど、高虎さんは相変わらず別に私じゃなくてもいいわけで……）

父親へのあてつけで結婚することを決め、たまたまの流れで美都を相手に選んだ。

高虎は自分を愛してなどいない。

だから大事なことはなにひとつ話してくれなかったのだ。

（あ、やだな。泣きそう……）

涙目で金澤の背中を見送ったところで、

「美都っ！」

慌てたように昭二が廊下を走ってきた。

「あいつはどうした!?」

「おじいちゃん……もう帰ったよ」

「クソッ、あいつこんなもん置いていきやがった！」

昭二は手に封筒を持っていた。

「なんなの、それ」

そういえば金澤がバッグから出してテーブルの上に置いたのは気づいていたのだが、なにより彼の発言にばかり気を取られて、それがなんなのか考えてすらいなかった。

「金だよ、金っ！」

「忘れ物？」

「バカ、手切れ金に決まってんだろ！」

怒り心頭の昭二はそのまま裸足で玄関を飛び出していき、間もなくしてスゴスゴと戻ってきた。

「つかまらなかったの？」

「ああ……。仕方ねぇ、これはあの坊ちゃんに直接返してやれ」

昭二はハァとため息をつき、封筒を美都に押しつけ、そのまま廊下の奥へと歩いていく。

「返してやれって、おじいちゃん……」

「今日からこっちに帰ってこいよ！　あいつにも二度とうちの敷居はまたがせないからなっ！」

振り返って叫ぶ昭二は、完全に目が三角になっていた。

職人の昭二は若干短気なところがあるが、基本的に人情味に溢れた優しい祖父だ。

初めて会った人に塩を撒《ま》くようなことをする人ではない。

そしてひどく腹を立てている昭二と入れ違いに、今度は雪子がやってきた。

「おばあちゃん……」

「美都、昭二さんは旗江さんをとてもかっていたのよ。だから裏切られたような気になってるんだと思うわ」

「裏切られた？」

「うちのアップルパイを商品にしたいと言いに来た時、昭二さんは旗江さんと一時間くらい話をしたのよ。私は最初、店を見ていたからふたりがどんな話をしたのか聞いていないんだけど、独身ならうちの孫もらってくれよなんて言っちゃうくらい、昭二さんはとても旗江さんを気に入ったのよ。それが親へのあてつけで結婚を決めるような男なのかって、わかって、傷ついたんだわ」

雪子は美都が持っている封筒を袱紗《ふくさ》に包んで、巾着袋に入れて手渡してくれた。

「美都、昭二さんを許してあげてね」

「そんなの、おじいちゃんのせいじゃないよ……」

誰に強制されたわけでもない。自分が高虎をひとりの男として好きになったのだから。

（そう。そうなんだ。私はこんなことになってもまだ、高虎さんのこと……無視できないし、嫌いになれない）

結婚相手は相変わらず自分じゃなくてもいいとわかって、胸が苦しい。

だけどそれ以上に、高虎の気持ちが気にかかる。

（お母さんを亡くしてその後、お父さんは再婚。金澤さん、言ってた。お父さんの反発から、高校も大学も、食べるものだって自分で決めたって。ごはんを綺麗に食べるのは、お母さんを亡くす前の習慣だったのかな……）

あれこれ考えながら、美都はお金が入った巾着を握りしめる。

「おばあちゃん、私、高虎さんと話してみる。お父さんのこととか聞いちゃったし、お金も返さないといけないし……それで、もし、もし……金澤さんの言うことが本当で、今でもあてつけに結婚したいって思ってるなら、さすがに無理だしね……」

自分は高虎を愛しているが、そんな形で結婚をしたって、すぐに破綻《はたん》するだけだ。

「……美都」

心配そうな雪子に、美都は微笑んでみせた。

「大丈夫だよ。確かに驚いたけど……」

(驚いたけど……信じたいんだ。一緒にいた期間は短いけど、全部が全部嘘じゃないって)


歩いていると頭上から花火の音がした。どうやらもう花火大会は始まっているらしい。通行人の数も、いつもよりかなり多い。美都が到着した頃には、シブヤデジタルビルの屋上はル・ミエルの社員でワイワイと盛り上がっていた。

「ミンミン遅～い！」

「ごめんね、出かける前にお客さんが来ちゃって！」

缶ビール片手の千絵に駆け寄りながら、周囲を見回した。頭一つ飛び出している高虎がいればすぐにわかるのだが、姿は見えない。

「社長はまだ？」

念のため尋ねてみたが、

「みたいだねー」

と、あっさりと答えられてしまった。

(まだ来てないのか……。なにか仕事でも急に入ったのかな)

その場から離れて、巾着から携帯を取り出す。

うつむいた瞬間、背後から首に冷たいものが押しつけられた。

「きゃあっ！」

悲鳴を上げた美都は、睨《にら》みながら振り返る。こんなことをするのは柴田しかいない。

「もう、ミツ君そういうのやめてって言ったで……！」

喉がキュッとしまった。

目の前に立っていたのは、高虎だった。

たった今来たのだろう。片手に缶ビールを持っている。そして少し驚いたように目を見開いていた。

「び、びっくりした……てっきり私……」

「てっきり？」

「あっ、いやなんでもないですっ」

美都は顔の前で手を振り、そして首筋に手のひらを乗せる。

ほんの少し濡れた肌の部分が熱を持っているような気がした。

「……お前」

高虎がなにかを言いかけたが、

「いや、いい」

と口をつぐむ。

そして美都を正面から見つめて、目を細めた。

「浴衣だな」

その目も、声も優しく、美都の胸を優しく包み込む。

彼に見てもらいたいと思っていた浴衣だ。だが驚くほど胸は弾まなかった。

持っている巾着が重い。高虎がいつもとなにも変わらないから、一瞬、金澤が自宅にやってきたのは夢だったんじゃないかと、そんな気までしてきた。

(だけどそんなわけにはいかないよね……)

美都は巾着をギュッと握って、高虎に手を伸ばし、腕に触れた。

「ちょっと、話があるんです。こっちに来てもらえますか」

「ん？　ああ」

一瞬不思議そうにしたが、高虎は美都のあとについて、花火の方向とは真逆の物陰へと移動した。

屋上の端に移動しただけで、たいぶ喧騒《けんそう》から離れたような気がする。

「――どうしたんだ、急に」

どこか緊張した様子の美都を高虎は怪訝そうに見下ろした。

「今日、金澤さんって方が『OKAMURA』に来たんです」

「なに?」

その瞬間、高虎の顔色が変わった。金澤の訪問は予想外の展開だったのだろう。

「それでこれ、置いていかれて」

美都は封筒を巾着から取り出し、高虎に差し出した。

高虎は無言で封筒を受け取って表情をこわばらせる。中身を見なくてもそれがなんなのかわかっている様子だった。じっと高虎の表情を見るが、今なにを考えているかまでは読み取れなかった。

(聞かなきゃ。私のことどう思ってるんですかって。きっかけが誰でもよかったとしても、高虎さんの気持ちが今私にあるとさえ言ってくれたら、きっと大丈夫だから……)

心臓がありえない速さで鼓動を打つ。涼しいはずの浴衣だが、背中にじっとりと汗をかく。

「それで……私の……」

勇気を振り絞って口を開きかけた瞬間、

「――悪かった」

高虎が先に口を開いた。

「え？」

美都が顔を上げると、高虎は観念したように目を伏せる。

「――実はここのところずっと遅かったのは、実家に通ってたからなんだ」

「実家……？」

微かにタバコの匂いをさせていたのは、実家に帰っていたから？

「相続を放棄するための手続きだ。だが向こうものらりくらりでなかなか処理が進まない……タヌキの集団相手は疲れるな」

そして高虎は大きな手で自分の髪をガシガシとかき回す。

「それでも、手続きが済めば、煩《わずら》わしいことからは解放される。もう少しだ」

大きなため息に、美都の胸がざわついた。

「……煩わしいことって……お父さんの具合が、悪いんですよね？」

「まぁ、そうだな」

「病院にいらっしゃるんですよね」

「らしいな」

高虎の適当な返事に、美都の心臓がまた鼓動を刻み始めた。握りしめた手がじっとりと汗ばむ。これは夏の気温のせいじゃない。

「らしいなって……会ってないんですか」

「必要ない」

それまでどこか居心地が悪そうにしていた高虎が、きっぱりと言い放った。

「……でも」

美都が反論しかけたその瞬間。

「美都、どこだー？」

のんびりと美都を呼ぶ、すぐ背後から柴田の声が聞こえた。

ハッとして振り返ると、人混みの中でかき氷をふたつ持った柴田が、美都の姿を探してキョロキョロしている。

柴田に悪気がないのはわかっているが、ここで彼に見つかると、次いつ高虎と話す機会があるか、わかったものではない。

「ちょっと、奥に——あっ……！」

隠れましょうと言いかけた瞬間、腕をつかまれ引き寄せられる。しかも高虎は、そのまま美都を抱きすくめてしまった。

「だっ、ダメですよっ……！　見られちゃいますっ！」

いくら死角になっているとはいえ、ここには社内の人間が一堂に会しているのだ。

慌てて離れようと身じろぎすると、

「そんなに知られたくないのか……あいつに」

低い声で、高虎が呻《うめ》いた。

「え？」

顔を上げると、高虎が覆いかぶさるようにそのまま美都に口づけてくる。

「ん、んんっ……」

厚い胸板を拳で叩くが、高虎はビクともしない。それどころかキスはどんどん激しくなり、舌がねじ込まれ、美都の口内をねぶっていく。

（なんで、どうして？）

高虎の大きな手が、浴衣越しに美都の体を撫でる。長い指が、苦心して結い上げた髪の中に入っていく。結い上げた髪が頬に落ちる感覚がして、美都は無性に悲しくなった。

（どうして、話をしてくれないの？）

家族のこと、特に父親のことになると信じられないくらい壁を作る高虎。

嫌っているのはわかる。触れられたくない問題だということもよくわかった。

だが、なぜそれを話してくれないのだ。

美都が話をしたがっていることを、高虎がわからないはずがないのに、どうして誤魔化そうとするのだ。

これも高虎にとってはどうでもいいのだろうか。

黙っていろと、知らない顔をしていろと、そういうことなのだろうか。

脳裏に、幼い頃死に別れた両親の顔が浮かんだ。両親はいつだってよく話をしていた。時間を作って、コミュニケーションをかかさなかった。たまにはケンカもしたけれど、すぐに仲直りをする両親が、美都は大好きだった。

「いやっ……!」

美都は一瞬の隙をついて、高虎を突き飛ばしていた。

強引に抱きすくめられて浴衣が乱れていた。美都は衿もとをかき合わせながら、高虎を見上げる。

「……高虎さん」

美都は激しい動揺の中、涙をこらえて、高虎を見上げた。高虎もまた、なぜかひどく傷ついたような顔をして、美都を見下ろしていた。

「……世の中にはうまくいかない親子もいます。だけどお父さん、もう永くないんですよね？　いろいろ思うことはあると思います、わかります、でもお父さんが会いたいって言ってるんなら、一度だけでも会ってみてはどうですか？」

どれだけなかったことにしようとしても、血の繋がりはある。しかも高虎には継ぐべき家もあるのだ。莫大な遺産やそれにまつわるエトセトラで、多くの人がこの問題にかかわっている。このまま永遠に、父親の存在を無視し続けることが可能だとも思えなかったし、なによりそれで高虎が救われるとも思えなかった。

がむしゃらに走り続けて、父親の存在を視界に入れないようにして、一生忘れていることなどできるのだろうか。いや、できるはずがない。

ひとりで傷を抱えるのは辛いだろう。苦しいだろう。

だがそのために自分がいるのだ。

高虎を愛しているから、支えたい。

微力かもしれないが、高虎を守りたい。

ようやく、自分がずっと思い悩んでいた答えが見つかった気がした。

自分は彼を愛するひとりの女として、ただ盲目的に愛されるのではなく、高虎の力になりたかったのだ。

「もちろん私も一緒に——」

私も一緒に行きますから。

ひとりにしませんと続けようとした、美都の言葉を遮って、高虎が叫んだ。

「俺にお前の感傷を押しつけるなっ！」

その言葉は、美都をまっすぐに貫いた。

「……感傷？」

頭が真っ白になる。

ただ、美都の脳裏には相変わらず両親が微笑んでいて。

感傷と、切り捨てられた言葉が、ぐるぐると身体中をかけ回った。

（もしかして……私が家族だとかの話をする時、居心地が悪そうだったのって、〝感傷〟だと、思ってたから……？　もしかして、いつまでも親離れできなくて、気持ち悪いと、思われていた……とか？）

ふわふわと、足もとがおぼつかなくなる。

「……あ」

あっという間に視界がにじんで、目の前が見えなくなる。

自分の思いが彼にとって迷惑なものでしかなかったとわかって、目の縁から涙が溢れ頬を伝った。

「……っ」

美都はよろめきながら後ずさり、両手で口元を覆う。

その瞬間、高虎もまた雷に打たれたように体を震わせて、

「美都っ……！」

慌てたように手を伸ばしたが、美都はその手を振り切ってきびすを返し駆け出していた。

ドォン、ドォン、と大きな花火が立て続けに上がる。誰もが夜空に咲く大輪の花に見とれ、歓声を上げている。

「……っくっ……」

手の甲で涙を拭い、嗚咽《おえつ》を噛み殺す。美都は人目を避けるようにうつむいたままその場から離れ、エレベーターのボタンを押したが、一階に停まっていて当分来そうにない。仕方なく階段を下りることにした。

急いで階段を駆け下りると、カツン、カツンと下駄の音が響く。

彼のためにと装ってきた自分が馬鹿みたいに思えた。

（やっぱり私の思いは、高虎さんには必要のないものだった……。独りよがりだった

（……彼が決めたことに口を挟む女なんて、やっぱりいらないんだ……）

胸が痛い。苦しい。彼を想《おも》っている分、余計に。

高虎と家族になれたらと、本気で思っていた。ちょっとワガママで強引で。でも優しいところもあって。会話一つとっても楽しくて。

だからきっとふたりの生活は楽しいと思っていた。

もちろん楽しいだけじゃないだろうけど、高虎とふたりなら大丈夫だと思っていた。

お互いの気持ちさえあれば、大丈夫だと……。

そんなものは自分が勝手に抱いていた、都合のいい幻想だったのだ。

（このままお付き合いして、いずれ家族になれたら……だなんて。のんきにもほどがあったな……）

「……ううっ……」

まだ、涙が溢れてきた。全身に力が入らない。二階ほど降りた時点で、美都はたまらずその場にしゃがみ込んでしまった。

「……美都！」

頭上から声が響く。声のしたほうに顔を上げると、上の階から柴田が、手すりに手をかけて見下ろしていた。

「ミツ君……」

ぽつりとつぶやくと、

「ちょっと待て」

柴田は階段を一足飛びに、あっという間に美都の元に駆け下りてきた。

それこそ逃げる暇などないくらいに。

私服姿の柴田は、いつもの、出会った頃を彷彿《ほうふつ》とさせる細身のデニムと海外のバンドTシャツで、そのまましゃがみ込んだ美都の手を取り、立たせる。

「えっと……出ていく後ろ姿が似てると思って……」

言い訳めいた口調でつぶやいた柴田だったが、意を決したように、そのまま美都の頬の涙を指で拭った。

「ハンカチ、持ってなくて……悪い……てか、止まらないし……大丈夫か?」

さらに心配そうに、顔を覗き込んできた。

「ごっ、ごめっ……」

柴田が呆れるのも無理はない。美都の涙はなかなか止まらなかった。まるで蛇口が壊れてしまったかのようだ。

（あー、もうっ、大人なのに恥ずかしい……）

唇を噛みしめ、慌てて巾着からハンカチを出そうとゴソゴソしていると、

「まあ、これでいっか」

柴田がため息をつき、美都の体をやすやすと抱き寄せてしまった。

「……っ、みっ、ミツ君？」

「いいじゃん。そんな難しく考えなくても。ハンカチ代わりだ」

柴田はそう言って、美都の首の後ろのあたりをトントンと叩く。

その手は優しく、こわばった体から力が抜ける。

自然に柴田の肩のあたりにおでこがついて、そこからふんわりと、柴田が使っている香水の匂いがした。昔と同じ香りだ。

柴田の派手なTシャツに涙が移っていく。

浴衣は薄い。長じゅばんがあるとはいえ、いつもよりずっと、体温が近い。顔が近い。そう思うと顔が上げられないどころか、身動きも取れなくなってくる。

「あ、あの……」

優しくされると戸惑う。

柴田と別れて何年も経つ。こんな風に甘えられる関係ではないはずだ。

「俺がしたいんだよ。美都に泣かれるのは辛い」

そして柴田はポツリとつぶやいた。

「俺に触られるの、やっぱ気持ち悪いか？」

悲しげに言われて、美都の心臓はドキッとする。

もともと柴田はスキンシップ過多な男なのだ。友人の頃からこの調子だったので、多少耐性はあるといえるが、ただこの状況は美都を混乱させる。

「えっ、そんなことは、ないけど……でも、ダメだよ、私たち、もう——」

「あー、まぁ今の言い方、ちょっとズルかったなー。美都の人の好さにつけ込んだ感ある」

柴田はクスッと笑って、さっと手を離す。その流れがあまりにも軽くて、

「つっ、つけ込まないでよ……」

美都は苦笑してしまった。

それを見て柴田は軽い調子で肩をすくめ、美都の涙で濡れた頬に張りついた髪を指ですくい、耳にかける。

「ちょーかわいいじゃん、浴衣」

「そうかな……ありがとう」

真正面から褒められて、美都の頬が赤く染まる。昔の男に褒められて嬉しがるのは

いけないかもしれないが、単純に嬉しかった。

「うん。このまま連れ込みたい感じ」

「ちょっ、やめてよ！」

思わずバシッと、柴田の肩のあたりを叩いていた。

柴田はワハハと笑いながら、その手をつかみ、ギュッと握る。驚いた美都は手を引こうとしたが、その手は意外にも強かった。

「付き合い始めの年の夏、お祭り行っただろ？　まだ付き合って二ヶ月くらいでさ、お前浴衣で、俺すごいドキドキしてさー。あの夜、おかしな誘い方したの覚えてない？」

「……覚えてるよ」

遊んでる、チャラチャラしてると評判の柴田に告白され、付き合いだした当時は、周囲にはかなり反対されたが、意外にも柴田は最初の二ヶ月はキスだけしかしてこなかったのだ。

「『俺、じつは王子様なんだ。で、あれが俺の城。寄ってかない？』って……真面目な顔で……ラブホテル指差して……」

思い出したらあまりの馬鹿らしさに気が抜けそうになる。

「俺史上最低な誘い方だったな」

「でもついていっちゃった」

「ついていったらダメだろ」

「ほんとだね」

そして柴田と美都は、顔を見合わせて、また笑う。

馬鹿馬鹿しくてたまらないが、若さというのはそういうものなのかもしれない。

声を出して笑うと、少し楽になった。

「——止まったじゃん」

柴田がちょいちょいと頬を指差す。

「あ……」

言われて気がついた。

ショック療法なのか、気が緩んだのか。あれほど流れていた涙は確かに止まっていた。笑って喉が通った。息ができる。柴田のおかげだ。

美都は大きく深呼吸して柴田を見上げる。

「——ありがとう」

「別に？　役得だったし」

そして柴田は美都の手を握ったまま顔を覗き込んだ。

「上、戻るか？」

「――やめとく」

美都はうつむき、首を振った。

（今は、高虎さんの顔をどんな風に見たらいいか、わからない……）

「私、帰るから。ミツ君は戻って」

年に一度の花火観覧だ。それに柴田は東京に戻ってきたばかりだ。話をしたい相手もいるだろう。

だが柴田はなにを言っているんだと言わんばかりに眉をひそめた。

「いや、この状況でひとりにできるわけないだろ。花火大会で人多いし、ナンパとかしてくるやつめっちゃ多いし。ちゃんと家まで送る」

「でも……」

「でもじゃない。俺の言うこと聞きなさい。安心できないって言ってんの」

そして柴田は一瞬だけ顔を上げ頭上を見つめたが、そのまま美都の手を引いて、踊り場まで降りると、両肩をつかんで美都を壁に押しつけた。

「ここで待ってて。千絵ちゃんあたりに言っとくからさ。すぐ戻る」

「うん……」

若干強引な気がしたが、確かにこの人出の中、ひとりで帰るのは少し寂しかった。

「わかった。待ってる」

「よしよし」

柴田はニッコリと微笑むと、軽やかに階段を駆け上がっていった。

柴田は美都を置いて階段を駆け上がり、それからそのにこやかな表情をやめ、真顔になった。普段から人当たりが良い柴田だが、この時ばかりはその不機嫌さを隠さなかった。

「――社長」

エレベーターの前で立ち尽くす高虎に声をかける。

柴田は高虎が自分たちの姿を見ていたことに気づいていた。気づいていたから、見られていることを意識して、美都に触れた。高虎が降りてくるかと思ったが、来なかった。それが答えだ。

「俺が実家まで送っていきますから。社長はどうぞ戻ってください。美都も社長とは話したくないだろうし」

「柴田……お前」

もともと愛想など持ち合わせない高虎は、柴田の挑発に鋭い目を細めた。

「違います？　美都と付き合ってるのかなって、こないだからなんとなく思ってましたけど」

「……俺はそのつもりだ」

「どんなつもりなんだか」

柴田はさらりと髪をかき上げる。

「まぁいいですよ。美都をあんな風に泣かすなんて、よっぽどきついこと言ったんでしょう」

「……それは」

高虎の顔がこわばる。図星らしい。

「なんで大事にしないんですかね。まぁ、そう言いながら俺も失敗して、後悔した口ですけど……」

「付き合っていたのか」

「学生時代ですけどね」

「今はどうなんだ……！」

高虎が血相を変えて叫んだ。

イエスと答えたらお前を殺すと言わんばかりの気迫だった。

「――んなわけないでしょ。美都は俺のことなんか元彼以上に思っていませんよ」

独り言のようにつぶやいたあと、柴田はため息をついて社長を軽く見上げた。

「美都と付き合ってるなら知ってると思うけど、あいつは子供の頃に両親を亡くしている。だけどそんなことを微塵も感じさせない、むしろ周囲の人を明るくする、そんな女だ。美都はそんなつもりはないんだろうが、俺だって過去に何度も助けてもらった。だから別れた今だって、美都は俺にとって大事な女なんだ。これ以上泣かせるつもりなら、さっさと手を引いてくれよ。今のあんたに美都はもったいない」

そして柴田は、鈍器で殴られたような表情で立ち尽くす高虎の横を通り過ぎて、千絵の元へと向かったのだった。


遠くから花火の音が聞こえてくる。きっと屋上は盛り上がっているはずだ。

「お待たせ～」

そこで柴田が軽やかに階段を降りてきた。ふたりでエレベーターに乗ってビルの外に出る。夜になってもまだ昼の熱気の余韻が残っているようだった。

「ううん、大丈夫。でもごめんね。せっかくの花火なのに」

「花火なんて別に好きじゃねぇし」

柴田はあっけらかんと言い放つ。

「えっ、そうなのっ!?」

美都は驚いた。夏といえば花火だ。付き合っていた頃はふたりであちこちの花火大会をはしごした。ふたりで花火を見に行くことを一度も渋られた記憶がないので、てっきり柴田も好きだと思っていた。

「美都は好きだよな」

「うん……」

美都はうなずきながら、隣を歩く柴田を見上げる。

「昔は……私が好きだったから、付き合ってくれてたの？」

「いや、付き合ってあげてるつもりはなかったな。美都が行きたいなら行くかってそんな感じ」

「そうなんだ……」

付き合っていた頃はなにも考えていなかったが、どうやら柴田は自分が思う以上に合わせてくれていたようだ。だが柴田はそんな美都に首を振った。

「あー、別に合わせたとかないから。好きな女の喜ぶ顔見たくない男はいない。そういうこと」

「なんかさらっと、カッコいいこと言うね」

「ヨリ戻す？」

「ふふっ、なに言ってんの。もう私たち学生じゃないんだよ」

美都はクスッと笑った。その無邪気な笑顔を見て、柴田はなんとも複雑そうな顔をしたが、すぐにいつもの笑顔を浮かべた。

「さ、混まないうちに帰ろうぜ」

「うん」

そして柴田は美都を岡村家まで送り届けると、お茶でも飲んでいけばという美都の誘いを断って、帰って行ってしまった。

（なんだか悪いことしたなぁ……。でも、助かったかも……。ひとりで帰ってたら、ふらふらと道路にでも飛び出して怪我してたかもしれない）

祖父母はすでに就寝してしまっているようだ。あのあと、どうなったか聞かれるのは今の美都には少しだけ重くて、ホッとした。

部屋で浴衣を脱ぎ、ぼうっと姿見で自分の姿を映す。高虎のつけた口づけの跡が、妙に痛々しく見えた。

窓の外からは雨の降り始める音がした。どうやら天気予報はあたったようだ。

また高虎が雨に濡れて帰るのではないかと思うと、胸の奥がチクッと痛くなった。

こんな状況でもまだ彼のことを考えてしまう自分が、今は辛かった。

七章　突然の訪問者

実家に帰ってからの一週間は、美都にとって恐ろしく長い一週間だった。

とりあえず翌朝、『お金は返した』と告げると、昭二は重々しくうなずいた。それ以降、ふたりは一切高虎のことに触れず、まるで最初から、美都と高虎の同居生活などなかったかのように振る舞っていた。

気落ちした様子の自分に気を使っているのだろうとわかってはいたが、だから美都は、自分だけがその胸の内に高虎への思いを抱えているかのような、そんな錯覚を覚える。それはル・ミエルでも同じだった。

もともと美都は、高虎とはほとんど接点がない。いつも通りに出勤して、仕事をし退勤すると、社長と面と向かって話すことなどほとんどなかった。もちろん社長室に行けば話せないこともないはずだが、言ってなにを伝えたらいいのかと思うと、とてもそんな勇気は湧いてこなかった。

（一週間、二週間……日が経っていくうちに、なかったことになっちゃうのかな……）

だがもう以前のように、美都にとって高虎は『愛想がないアンドロイド』ではない。

久しぶりに本気で好きになった、たったひとりの男だった。

たとえ話ができなくても、一日に数回、会社を出入りする高虎を見つめては苦しくなる。

（なんだか痩《や》せたみたい。ごはんちゃんと食べてるのかな……）

コンビニ弁当すら口にしていないのではないかと、気になって仕方なかった。

そして、花火の日から十日ほど経ったある日のこと――。

千絵とのランチを終えてル・ミエルに戻った美都に、課長が駆け寄ってきた。

「岡村さん、携帯置いていったでしょ！」

「えっ？　ああ、そうですね。そういえば忘れてましたけど……なにかありましたか？」

「あったよ！」

血相を変えた課長は、メモを差し出した。

「これ、岡村さん、お祖父《じい》さんが倒れて、入院したって！　さっきお祖母《ばあ》さんから電話があったんだよ！」

「えっ!?」

一瞬、なにを言われたのかわからなくなって体が硬直した。

（おじいちゃんが倒れた？）

頭が真っ白になる。

（でも、朝普通に一緒にごはんを食べたよ？）

笑顔の祖父が脳裏に浮かぶ。

「そ、そんなはずないです、なにかの間違いだと思います、だっておじいちゃんはどこも悪くないしっ……」

「ミンミン、しっかりして！」

一緒にいた千絵が、震える美都の肩をつかんで揺さぶった。

「早退の手続きしておくから、今日はもう帰りなさい」

「え、あ……でも……」

しどろもどろになる美都に、課長はキビキビと指示を出す。だが頭が真っ白で体が動かないのだ。そんな美都の代わりに千絵が荷物をまとめ、そのままタクシーに押し込まれてしまった。

病院に行くと、昭二はすでに手術中だった。手術室側の廊下に置いてある長椅子に、祖母がひとり座っている。恐ろしく小さく見えて、泣きそうになった。

「お……おばあちゃん……」

おそるおそる声をかけると、どこか視線がさだまらない、不安定な表情で雪子は顔を上げた。

「ああ、美都。ごめんなさいね。仕事中だったんでしょう……」

「そんなの、いいよ。職場の人がすぐに行きなさいって言ってくれたんだもの」

美都はかすれた声でそうつぶやき、隣に腰を下ろした。

なんだかまだ信じられない。足もとがふわふわして夢でも見ている気分だ。

「――お店を開けてすぐだったわ。急に頭が痛いって言い出して、その様子が尋常じゃなかったから、救急車を呼んだの。救急車はすぐに来たんだけど、病院に着いたらそのまま意識を失って……」

雪子はふうっとため息をつき、隣の美都の手を握る。

「くも膜下出血ですって」

「……そう、なんだ」

くも膜下出血は、以前千絵の父がなったと聞いていた。

どこから出血したかによって、手術の時間は大きく変わる。発症して三分の一はそのまま亡くなってしまうとか、人によっては後遺症が残ったりする、大変な病気だ。千絵の父の症状は比較的軽いもので、その後社会復帰もできたと聞くが、昭二がどうなるのか。運ばれてそのまま手術になった今の状況では、具体的なことはなにもわからない。

「美都ちゃん、大丈夫よね……？」

無言で黙り込む美都に、雪子が不安そうに尋ねてきた。

祖母も動揺しているのだろう。いつも毅然《きぜん》としている彼女の動揺した様子に、美都は胸を突かれるような痛みを覚えた。

いつまでも不安がっていてはいけない。自分よりも祖母のほうがずっと不安なはずだ。

「あっ、当たり前じゃない。普段から風邪ひとつ引いたことがないおじいちゃんだよ？　大丈夫に決まってるよ！」

（とにかく自分がしっかりしなくちゃ……。ショックでボンヤリしている暇はないんだ）

美都は拳を握って、それからぎゅうっと雪子の手を握りしめる。

「お店のほうには連絡した？」

「あ、そうね。まだよ。当分閉めないと……いけないわよね……」

「じゃあそっちは私が連絡しておくから。あと、カナ江おばさんにも連絡しとくからね」

「ええ。お願い……」

雪子はこくりとうなずいた。

カナ江おばさんというのは、昭二の年の離れた妹だ。バリバリのキャリアウーマンで国家公務員キャリアだが、雪子とは妙に気が合い、実の姉妹のように交流している。美都も幼い頃から実の孫のようにかわいがってもらっているのだが、なによりも彼女がいてくれたらきっと雪子も心強いに違いない。

カナ江は間違いなく仕事中なので携帯メールで知らせ、いったんその場を離れ、『ＯＫＡＭＵＲＡ』には、直接電話で連絡をした。

店番をしてくれていたベテランパートの奥田に、今手術中であることを簡単に伝え、店を閉め、「臨時休業」の張り紙を貼ってもらうように伝えた。

『わかりました。なにか必要なものがあったら言ってくださいよ！』

「ありがとうございます。心強いです」

電話の向こうの奥田に何度も礼を言いながら、美都はそのまま壁に寄りかかった。

(おじいちゃん、大丈夫だよね……)

不安に駆られ、スマホで【くも膜下出血】と検索して、記事を流し読みした。だがインターネットにはあまり前向きな文章はなく、恐ろしくなってそのままブラウザを閉じてしまった。

昭二は十代で雪子と結婚したため、まだ七十代半ばである。しかもずっと現役で働いていたので、実年齢よりさらに若く見える。

正直言って、こんな風に倒れることなど今の今まで想像すらしたことがなかった。

(私がしっかりしないと……私が……)

こういう時に、高虎がそばにいてくれたら、彼に頼れたらとつい思ってしまうが、今更だ。

(忘れなきゃ……もう、終わったんだから)

うっすらと浮かぶ涙を指でぬぐい、美都は唇を噛みしめる。

幸いと言っていいのか手術は三時間程度で終わり、ICUに移された昭二はそれから間もなくして意識を取り戻した。ほっと一安心だが、ICUには二週間いなくてはならないらしい。しかも面会時間は一日十五分だ。

結局自分にできることは特にないので、仕事に戻ったのだが、やはり気になって仕方ない。昼休みに会社を抜けて、朦朧とした意識の昭二に毎日十五分、声をかけに行った。

「おじいちゃん、お店のことは心配しないでね。カナ江おばさんもうちに泊まり込んでくれてるから、安心してね」

手を握り励ます美都に、昭二は「ああ」とうなずいたが、物心ついた時から元気な昭二しか見ていなかった美都には、辛い光景だった。


「ミンミン、なんか顔色悪くない？」

昼の面会から戻って事務用品の発注書を入力していた美都の顔を、千絵が覗き込んできた。

気がつけば昭二の手術から一週間が経過していた。ＩＣＵにはあと一週間入っている予定だ。まだ折り返しなのに、延々と心労が続いている気がする。

「えっ、そう？」

美都としてはまったく自覚がないので首をかしげるしかないが、千絵は険しい顔をして隣の空いたデスクに腰を下ろす。

「そうだよ。ちゃんとごはん食べてるの？」

「朝、おばあちゃんと一緒に食べてるよ」

「一日一食じゃん！」

千絵が目を丸くして、それからぎゅっと唇を一文字に結ぶ。彼女を心配させているのが伝わってくるが、どうしようもなかった。

「まぁ、ほら、現代は過食の時代っていうし……」

美都は軽く肩をすくめて、えへへ、と誤魔化すように笑う。

実際、朝は雪子と一緒に食べるが、昼は病院に面会に行って食事はとっていない。夜は雪子より先に帰って家のことをしているが、食欲がわかず適当にクッキーをつまむ程度だ。

笑って誤魔化そうとする美都に、千絵は眉を寄せた。

「食欲がないのもわかるけど……そんなんじゃミンミンが体壊すよ」

「うん……」

確かに千絵の言う通りなのだが、なかなか食べ物が喉を通っていかない。

「なにか消化がいいもの買ってきてあげるから。ちょっと待ってて」

うつむく美都を見て、千絵がバッグを持って立ち上がった。

「えっ、大丈夫だよ、自分で買いに行けるから」

慌ててル・ミエルを出ていこうとする千絵を追いかけると、ちょうど外回りから帰ってきたらしい柴田と入り口で鉢合わせになった。

「おお、どうしたんだ」

「ミンミンがあんまり食べてないっていうから、なにか買いに行こうと思って」

千絵の言葉に柴田の気遣いの目が美都に向けられる。

「マジか。じゃあ俺がゼリーとか買ってきてやろうか。美都、果物入ったやつ好きだろ?」

千絵と柴田の好意はありがたいが、外回りで疲れている営業に私用の買い物を頼むなど申し訳なさすぎる。

「いやいいよ、自分で行くから大丈夫だよ」

「もーっ、遠慮してぇー!」

「そうだぞ。水クセェ」

そうやって千絵と柴田が美都を取り囲んでワイワイしていると、打ち合わせから戻ってきた高虎が姿を現した。

「あ、社長」

「お疲れ様です」

「……ああ」

千絵と柴田は如才なく挨拶をする。

美都は黙って会釈するにとどめたが、視線を感じて顔を上げると、高虎がじっと自分を見つめているのに気がついた。

（な、なんでそんなに見るの……）

最後に会話をした花火の日から、二週間以上経っている。

あれほど心が近づいたと思ったはずなのに、今の高虎がなにを考えているのかわからない。いや正直言って、今はなにも考えたくなかった。

（私がしっかりしてないといけないんだから……。社長のことで悩んでる暇なんてない）

美都は慌てて目を逸らし、

「じゃあコンビニ行ってきます……」

財布を握りしめて会釈し、その場を離れようとしたところで、

「待て」

だが後ろから腕をつかまれた。驚いて振り返ると高虎だった。高虎が美都の肘のあたりをつかんでいたのだ。

「お前、なんだその顔」

「な、なんだって……」

高虎の射貫くような眼差しにクラクラと眩暈がし始める。

「具合が悪いのか。真っ白だ。動くな。座ってろ」

「だから……」

(放っておいてよ……。今更関心があるような顔、しないでよ)

そう、口を開くのも億劫《おっくう》で。無言で腕を引こうとしたがビクともしない。

「ちょっと社長……」

業を煮やしたらしい柴田がふたりの間に割って入ろうとしたその時、

「美都。頼むから、休め……休んでくれ……!」

高虎が美都の名を苦しげに呼んだのだ。

(頼むから……?)

人一倍眼光鋭い高虎の目が、懇願するように美都を見つめている。

きっと彼はここが職場だということを忘れてしまっているのではないだろうか。

「な、なんで……なんでそんな心配してるみたいな……」

それに気づいた途端、全身から力が抜けていく。じわっと視界がにじんだ。

「――美都!?」

高虎が叫ぶと同時に目の前が真っ白になって、ＰＣがシャットダウンするように意識を失っていた。


意識朦朧のまま運ばれた病院で、過労だと診断されて点滴を打つことになった。ベッドに寝かされて目を覚ますと、体はかなり楽になっていた。時間は夕方の五時前である。

(やっぱり私疲れてたんだ……。でも会社に迷惑かけちゃった。いったん会社に戻って荷物を取りに行かなきゃ……)

携帯もなにも持っていないので誰にも連絡が取れない。とりあえず会計は後払いでいいか尋ねようと、受付に向かうとカウンターに高虎が立っていた。

しかもその手には会社に置いていた美都の荷物と、もう一つ見覚えのあるボストンバッグを抱えている。

「社長？」

美都が首をかしげると、

「雪子さんには許可をもらっている」

高虎は少し不機嫌そうに言い放つ。

「おばあちゃんの許可？」

「行くぞ」

「行くって、あの、その前に私支払いを——」

「済ませた」

そして高虎は当然と言わんばかりにきびすを返す。

どうやら高虎が会計を済ませてくれたらしい。

「行くぞって、どこにっ……！」

慌てて高虎のあとを小走りで追いかけると、彼は病院の前にタクシーを停めており、美都を後部座席に押し込めると、自分も隣に乗り込んで、マンションの住所を告げた。

「……社長の、マンション……あ、そのバッグ……私の」

見覚えがあるのも当然で、ボストンバッグは美都の物だった。

岡村家に行って雪子から預かったのだろう。

(なんで……全然、わかんない……でも、考えるの、きつい)

美都が現状を把握できないままぼうっとしている間に、タクシーは高虎の住むマンションに到着してしまった。

そして流されるまま彼の部屋に足を一歩踏み入れたその瞬間、高虎と一緒に住んだことを思い出して。混乱のあまり、美都の目からブワッと涙が溢れてしまった。

もう我慢できなかった。

「なんでっ……なんで、なんですかっ……？ どうしてこういうこと、するんですか……っ!?」

美都は嗚咽交じりに叫ぶと、振り返り、背後に立っていた高虎の広くて分厚い胸に、その手を叩きつけていた。

「私のことなんか、どうでもいいくせに、どうして優しくするの!? こんなことして楽しいんですかっ！」

倒れた自分をここにこうやって連れてきたのは、おそらく雪子に頼まれたからだ。

そうとしか考えられない。

好きな男に気遣われるのは嬉しい。だが同時に虚《むな》しくなる。

いくら優しくされたところでそれはただの親切で、自分を好きだからではないのに。もしかしたら愛されているのではないかと、勘違いしてしまうから。

「……美都。俺は……」

「いやっ、もう知らないっ！　会社も辞めますっ！　私にかかわらないで！」

美都は悲鳴交じりに叫ぶと、そのままマンションの部屋を出ていこうときびすを返す。

その瞬間、ガクッと足から力が抜けて、美都はその場に座り込んでいた。

「っ、はぁ、はぁ……っ」

頭に血が上って、また眩暈がする。頭が割れるように痛くなる。そうやってうずくまる美都の前に、高虎がしゃがみ込んだ。

「美都、少し休め……」

「……いやっ……」

肩のあたりに触れる大きな手の感触に、また涙が溢れて止まらなくなる。

「やだ、触らないでっ……」

美都の懇願に、高虎が息を飲む気配がしたが、どんな表情をしているのかはわからなかった。

「すまない……。だが自分の足では立てないだろう。頼むからベッドまで運ばせてくれ」

そして高虎は壊れ物の人形に触れるように美都を抱き上げると、ベッドに運び美都の体をゆっくりと横たわらせた。

「――っ、ヒック……」

涙の止まらない美都は、高虎を感じなくて済むように、ふかふかの枕に顔を埋めていた。

無器用な高虎から伝わってくるいたわりの気持ちが痛い。

「触れて、悪かった」

心底申し訳なさそうに高虎がつぶやく声が聞こえて、また美都の胸は張り裂けそうになる。

嫌なのは、好きだからだ。高虎が好きだから、ただの気遣いが辛いのだ。

「――ひとりにしてやりたいが、今日はひとりじゃないほうがいいだろう。俺は向こうにいるが、いないものとして扱ってくれ」

そして高虎は冷蔵庫からミネラルウォーターのペットボトルとグラスを持ってきて、美都の手の届くところに置く。

カウンターに座り、いつも持ち歩いているノートパソコンを開く音がして、美都はギュッと目を閉じた。

一緒に住んでいた時、高虎は先に眠る美都を起こさないよう、キッチンのカウンターでああやって仕事をしていたことを、いやでも思い出してしまう。

ひと月程度の同居生活だが、ふたりの生活はなにもかもが新鮮で楽しかった。

(どうして優しくするの。そんなにアップルパイのレシピが欲しいの?)

話がどこまで進んでいるのか知らないが、いまだに高虎が自分に構うのはきっとそのせいに違いない。だから彼は自分に優しくするのだ。

(高虎さんの、馬鹿……)

今更かもしれないが、泣いているのを知られたくない美都は、ギュッと唇を噛みしめる。

この状況で高虎への恋心に苦しむのは、あまりにも辛い。

(会社も辞めて、おじいちゃんの看病をしよう……)

美都は悔し涙を流しながら、シーツの中に潜り込んでいた。

よほど疲れていたのだろう。目を覚ますとすでに朝の九時を過ぎていて、当然、高虎の姿はなかった。

ベッドサイドボードの上に置かれたメモには、【今日から一週間、有休にしている。冷蔵庫にいろいろ買ってある。他にも必要なものがあったら外商に頼むといい。俺は横浜に出張で、今日は戻らない】と書いてあり、百貨店の外商カードが添えられていた。

さすがに外商カードを使う気にはなれないし、そもそも長くいるつもりもなかった。

「……出張」

嘘か本当かわからないが、とりあえず高虎がここに帰ってくるのは明日のようだ。だったらとりあえずゆっくり身支度をして、それから病院に向かおうと決めた。シャワーを浴びたあと、恐る恐るクローゼットを開けると、美都の洋服がそのまま残っている。

(これ見て、高虎さんどんな気持ちになるんだろう……)

だがわからない。高虎の気持ちなど、自分にわかるはずがないし、彼だって知られたくないはずだ。もう拒絶されるのはたくさんだった。

着慣れたネイビーのワンピースに袖を通し、病院に向かう。昭二と話をしたかったがよく眠っていたので、顔を見てから高虎のマンションへと戻る。

(帰ったら荷物をまとめて、実家に帰ろう。それにしてもおばあちゃん、いったいどんなつもりで私の荷物を高虎さんに預けたんだろう)

まさかと思うが、高虎と今更やり直せというのだろうか。雪子の考えることすらわからなくなっていた。

(点滴打ってもらって体は元気になったけど、頭は疲れてるな……)

エレベーターで高虎の部屋の階に降り、バッグの中に入れていたカードキーを探っていると、

「……あの」

澄んだ高い声が、目の前から聞こえた。

「はい?」

顔を上げると、男の子が立っていた。小学校三、四年生くらいだろうか。きちんとした制服でランドセルを背負っている彼は、なぜか高虎の部屋のドアの前に立って、美都を見つめている。

ふわふわの茶色いくせっ毛に大きな目。右目の縁に小さなホクロがあり、不思議な

魅力がある。女の子のようにかわいらしい男の子だった。

(か、かわいい~! なんなのこの子!)

だがなぜ平日の真っ昼間に小学生がいるのか。美都は不思議に思いながら少年に歩み寄った。

「どうしたの? 迷子になったとか?」

「いいえ」

美都の問いに美少年は首を振る。

「兄に会いに来ました。いますか?」

「ふぅん……お兄さん……え?」

兄?

美都は美少年とドアを見比べて、ハッとして後ずさった。

「ま、まさか!」

「僕は旗江万里《ばんり》といいます。兄は高虎です。ここに住んでいると聞いて、来ました」

なんとキラキラの星の王子様のような美少年は、高虎の弟だと言う。

「——どうぞ」

美都は万里をカウンターに座らせ、彼が背負っていたランドセルを取り、横に置いた。

「なにか飲む？　紅茶でいいかな」

「はい、いただきます」

万里は礼儀正しくうなずき、まっすぐに美都を見上げる。

（旗江万里君……。十歳くらいかな。高虎さんとは親子レベルで年が離れてるよね。となると義理のお母さんが産んだ子供ってことだ）

美都はあれこれ考えながら野菜室を開け、リンゴを取り出すと、慣れた手つきで皮ごとイチョウ切りにし、アッサムティーを淹れてアップルティーを作った。

「はい、どうぞ」

「ありがとうございます」

万里は上品にカップに手を伸ばし、紅茶を飲む。

「おいしいです」

顔を上げた彼はにこりと微笑む。真正面から天使のような笑顔を向けられて、美都の頬は熱くなった。

（なんなの、この子。まぶしい……！）

とにかく彼が微笑むたびにキラキラと謎の光が見えるのである。高虎とは違った魅力の持ち主のようだ。美都はいまだかつてないくらい緊張してしまった。

「あの……」

紅茶を飲み干した万里は、改まって隣に座る美都に向き合った。

「あなたは高虎兄さんの恋人ですよね?」

「えっ!?」

「鍵を持っているし、一緒に住んでるんでしょう?」

彼はじいっと探るようにこちらを見つめてくる。

(ど、どうしよう……。今日、もう帰るつもりだったし……。違うって言うと、嘘ついてるって思われるかな……。でも、結婚の約束をしてたけどなくなった女です、なんて絶対に言えないよ～!)

美都が困ったようにうつむくと、万里はなにを勘違いしたのか、小さな手を伸ばし、美都の膝に手を置いた。

「大丈夫ですよ。僕はお姉さんの味方です」

「み、味方?」

私はいったい誰になにを反対されているのだろうかと、美都は首をかしげる。

すると万里は少し悲しげな表情になって、目線を落とした。

「ここ最近ずっと、高虎兄さんがうちに来てるんです。話し合いの相手は金澤さんだったり、弁護士先生だったりなんだけど……。お母様は知りたがる僕に、子供には関係ない話だって詳しく教えてくれないし……。だからこっそり盗み聞きしたら、どうも兄さんは、旗江に帰ってこいって、言われてるみたいで」

「万里君……」

「兄さんがうちを嫌ってること、知ってます。僕は兄さんは帰ってこなくてもいいって思うんです。寂しいけど、兄さんがそれで幸せなら、それでいいのかなって」

彼は彼なりに思うことがあり、兄を心配しているのだろう。

小さな体は苦悩に満ちていて、美都の胸はきつく締めつけられた。

「……高虎さんは、今日から、横浜に出張で、明日帰ってくるの」

「そうなんですか」

美都の言葉に、万里はふうっとため息をついた。

「じゃあ会えないのかぁ」

「そうなんだけど……ところで今日は……学校は？」

「はい、サボリです」

万里は天使の笑顔で、堂々と言い放った。

「サボリ?」

「大丈夫ですよ。たまにしてるんです」

「ええっ、そうなの?」

通っているのは名門私立校のようだが、そう簡単にサボれるものだろうか。ジッと万里の顔を覗き込むと、彼はふふっと笑って肩をすくめるだけだった。

(かわいい顔をしているけれど、意外に大物かもしれない……)

「で、今日はここに泊まります」

「えっ!?」

「大丈夫です。着替えは持ってきてるし、学校はここから遠くないので」

彼は黒いランドセルの中を開けて、洋服を取り出すと、唖然としている美都にぺこりと頭を下げた。

「どうぞよろしくお願いします」

「あ、はい……」

謎の圧力に負けて、うなずいてしまった。

家に帰るつもりが、それどころではなくなってしまったようだ。

彼は制服を脱ぎ私服に着替えると、とりあえずスーパーに買い物に行くという美都についてくると言う。というわけで、よろしくされてしまった美都は、万里とスーパーに来ることになった。

（高虎さんとの同居が終わったと思ったら、今度はまさかの弟さん……）

美都はなんとも不思議な気持ちになりながら、隣でニコニコしながらカートを押して歩く万里を見下ろす。

「美都さん、スーパーって面白いですね」

「そうだね。面倒って人もいるけど、私はスーパーであれこれ悩んでる時間が結構好きかな」

今晩のメニューは、万里が好きだというロールキャベツにすることにした。

スーパーおぼっちゃまの万里の口に合うものを果たして作れるのか、はなはだ疑問だったが、万里がとても楽しみにしているので、外食しようとは言えなかった。目当てのものをカゴに入れ、それから冷凍庫のゾーンに向かう。

「夜、お風呂上がりに食べるアイス買おうか。なんにする？」

「やった、アイス食べていいんですか！」

万里は大きな目をさらに大きく見開いて、冷凍庫に飛びついた。

「えっ、もしかしてダメだった？」

家の方針やアレルギーで食べられないものがあるなら、当然万里には食べさせることはできない。慌てて尋ねると、

「いいえ、たまに学校帰りに友人と食べることはありますよ。アレルギーもありません」

と、外資系のホテルに入っている超有名パティスリーの名前を挙げる。

（セレブ……！）

だが高虎も、昔は万里と同じような学園生活を送っていたのかもしれない。

なんせ旗江といえば日本でも有数の資産家一族であり、彼ら兄弟の祖父は大臣まで務めているのである。本来ならば、自分は、旗江グループの御曹司である高虎や万里と、口がきけるような身分ではないのだ。

（普段は気がつかないだけで、現代社会にだって、圧倒的に住む世界が違う人はいるんだなぁ……）

もし高虎が家を出ていなければ、彼はきっと今頃、旗江グループの要職に就いていただろう。付き合う女性も彼にふさわしい、お金持ちのお嬢様で、もしかしたらとう

の昔に結婚して家庭を持っていたかもしれない。

(高虎さんが、結婚する……)

想像しただけで胸がズキンと痛くなる。

(嫌だ……結婚なんか、しないで。あの目で他の女の人を見るなんて、あの低い声で、名前を呼んだりするなんて……イヤだ、イヤだ、イヤだ!)

それは嫉妬だった。

二十五年間生きてきて、こんなに激しい嫉妬にかられたのは生まれて初めてだった。

だが今更嫉妬したところでどうなるというのだろう。自分に触るな、仕事は辞めると高虎本人に言い切ってしまったのだ。もちろん、好きだからそんなことを口にしてしまったのであるが、彼は自分を良く思わなかったに違いない。

(私はもっと、大人だと思っていた。人と喧嘩《けんか》するのも嫌いだし、わりとなんでも受け入れられる楽観的な女だと思っていたのに……。高虎さんのこととなると、こんな風に取り乱してしまう……)

自分にもこんな一面があったのだと思うと、なんだか不思議な気がした。

「美都さん、僕、チョコミントにします」

突然、真剣な表情でアイスを選んでいた万里が、カップのアイスを手に取って美都を見上げる。

彼を見ていると、美都は身分がどうの、結婚してほしくないなどと考えていた自分が恥ずかしくなった。こんな小さな弟ですら兄の幸せを願っているのだ。

「じゃあ私は抹茶にしようかな」

にっこり笑い返して、抹茶のカップアイスを取り、カゴに入れる。

「これにね、缶詰のあんこ乗せて食べるの、おいしいんだよ」

「美都さん、それすごいです。天才ですか？」

万里が目をキラキラさせる。

「ふふっ。でしょ？　半分こして食べようね」

会計を済ませたあと、軽いものを万里に持たせ、美都と万里は手を繋いでマンションに戻る。

（そばにいられなくてもいい。せめて私も高虎さんの幸せを願おう……）

そう思うと、少しだけ気持ちが落ち着いたのだった。

マンションに戻り、万里と一緒に料理を作ることになった。万里はなかなか器用な男の子だった。タネを上手にキャベツで巻き、鍋底に並べて満足したように微笑むと、

「あっ、酒井《さかい》さんに見せよう！」

と、スマホを取り出して写真を撮り始める。

お父さんでもお母さんでもなく、謎の酒井さんという存在が気になった。

「酒井さんって？」

「うちにいるシェフです」

「おうちにシェフがいるの？」

驚いたが、確かに旗江家ならあるかもしれない。

「はい。シェフは三人います。酒井さんは一番昔からいて、とても優しいおじさんなんですよ。送信……っと」

万里はその酒井さんに写メを送って満足げに微笑んだ。

シェフが三人と聞いて、気が遠くなった。

いったい彼はどんな家に住んでいるのだろう。

「ねぇ、万里くん。今日本当に泊まっていいの？　よかったら私からお家の人に連絡しようか？」

学校をサボる上に外泊となると、さすがに心配になってくる。代理ではあるが、自分が高虎の会社の人間であること、ここで面倒を見ることを説明したほうがいいように思ったのだ。

「えー、いいですよ。たまに外泊するから。たぶんホテルか友人の家に泊まるって思ってると思います」

万里はあっさりと美都の提案を断ってしまった。

「そうなんだ……わりと放任主義なんだね。男の子だからかな」

昭二も雪子も、美都が成人するまでは外泊などもってのほかと許してくれなかった。

しかも彼は小学生だ。

「いいえ、僕に興味がないだけです」

「ふぅん……えっ……？」

万里が何気なくさらっと言い放ったので、一瞬聞き流しそうになってしまったが、
今、万里はかなりの爆弾発言をしたのではないのだろうか。

「そんな……興味がないって」

「──美都さん」

キッチンで固まる美都を見上げて、万里は苦笑する。

「ごめんなさい。困らせるつもりはなかったんです」

「いっ、いや、困ってるとかじゃなくて……ちょっとびっくりして」

美都は慌てて首を振り、それからそっと手を伸ばし、万里の白い手を握った。

「美都さん、気にしないでください」

素直に見返してくる万里に特に拗《す》ねた様子はない。むしろクールだ。

（本気でそう思ってるのかなぁ……）

ふと、高虎の態度を思い出す。

万里とは年が離れているが、二人の姿が自然と重なった。

（思っているんだろうな……）

思っているからあの態度なのだ。

「高虎さんと万里君、似てるね……」

「え？」

万里が目を見開く。

「高虎さんにご両親の話はタブーなの、薄々わかってたんだけど、私、お父さんのお見舞いに行ったほうがいいって高虎さんに言って、怒らせちゃって……」

それを聞いて万里は目をまん丸にする。

「えっ、美都さん、兄さんに父の見舞いに行けって言ったんですか？」

「うん……」

「わぁ……チャレンジャーですね！」

万里は口を開け、ぽかんと美都を見上げた。

実の息子である万里のこの態度だと、父親という人は相当な人物であるようだ。

（いったいどんな人なの、旗江グループの社長って……）

美都と万里はカウンターに並んで腰を下ろした。

「ふたりのお父さんってどんな人なのかな。迷惑じゃなければ話してくれないかな」

「もちろん迷惑じゃないです」

万里は考えをまとめるように少しうつむいて、それからゆっくりと口を開いた。

「父はとにかくおっかない人です。いつも威厳があって、岩みたいで。笑ったところなんか見たことがない。とにかく忙しくて、倒れるまでほとんど家にはいなかった。でも僕は年をとっての子供だったから、直接叱られることなんて、ほとんどなかったです」

「高虎さんは違った？」

「はい。酒井さんから無理やり聞き出したところによると、小さい頃からよく殴《なぐ》られていたそうです。でも兄さんは負けん気が強くて、いくら殴られても自分の意思を曲げなかったって。高校に入る頃には兄さんのほうが大きくなって、殴られることはなくなったそうだけど、それでもしょっちゅう衝突してたそうです」

「そう……」

どうやら親子仲は最悪らしい。

聞けば聞くほど、自分が高虎を怒らせたのも当然だという気がしてきたが、だからと言ってこのまま父親が死ぬのを見て見ぬ振りをするというのも、違う気がする。

もちろん今はその気持ちを高虎に言うつもりはないが……。

「私ね、高虎さんには、お前の感傷を押しつけるなって言われたんだ」

巻き終えたロールキャベツのお鍋に火を入れながら、美都ははぁ、とため息をつく。

思い出しただけで悲しくなるが、言っておきたかった。

「カンショウ？」

「うん。私ね、両親を子供の頃に病気で亡くしてるの。だから無意識に家族に憧れてる……んだと思う。家族は大事にしよう……みたいな。そういう感傷。押しつけて……彼を嫌な気分にさせてしまったの」

「兄さんもひどいこと言いますね」

「そ……そうかな」

「そうですよ。家族を大事にできる人はしたらいいんですよ。仲がいいに越したことはないし、美都さんはそうなんでしょう。それが気に入らないってあたるなんて。それこそ兄さんの感傷じゃないですか」

そして万里は強い眼差しで美都を見つめた。

「感傷だから黙ってろなんて、そんなこと言ったら、美都さん、兄さんに言いたいことも言えなくなる」

万里は天使な見た目に反して、しっかりと自分の意思を持った男の子だった。

「僕は、関係ないって言葉、嫌いです。恐ろしい化石みたいな父も、父の顔色を窺《うかが》ってばかりで周りを見ない母も、僕に無関心だから、余計そう思うようになったのかもしれない。そういう反面教師って意味で両親には感謝してますけど。僕は気になる人には、積極的にかかわっていくスタイルでいこうって、決めてるんです」

堂々とした態度に、美都はちょっとだけ驚いてしまった。

「……だから今日、来たの?」

「はい」

美都の問いに、彼はうなずく。

「兄さんのこと好きだから、無理して帰ってこなくてもいいと思ってました。それで心が平穏でいられるならそれもいいのかもしれないって……。でも兄さんは今後もひとりで生きていくわけじゃない。美都さんと一緒に今後の人生を歩んでいくつもりなら、兄さんも変わらなきゃいけない。美都さんだけが我慢するなんて、ダメですよ」

そして万里は、美都をまっすぐに見上げ、微笑んだ。

その微笑みに、美都の胸はふわっと温かくなる。誰かに認めてもらえるというのは、こんなに嬉しいことなのだ。

心底弱っていた心が、優しく包み込まれるような気がした。

それから万里と美都はロールキャベツを食べ、交代でお風呂に入り、アイスを食べながら、いろいろな話をした。万里は大学までエスカレーター式の名門私立小学校に通っており、そこで生徒会に所属しているのだという。

「私は児童会だったんだけど、書記をしてたよ。字が綺麗ってそれだけで先生に入れられたの」

「へぇ、字、うまいんですか？　書いてみてください」

万里はランドセルから手帳を出して、美都に差し出した。

「いいよ。じゃあ名前を……」

手帳の白いページに〝旗江万里〟と書きつけると、万里は喜んで手帳を受け取った。

「ほんとだ、すごく綺麗な字だ！」

「字だけはね、小さい頃から硬筆を習っていたから自慢なんだ。そういえば、ル・ミエルに採用になった時もね、高虎さんが履歴書の文字見て『字がうまいんだな』って言ってくれて……」

口にした瞬間、ふと、その時のやり取りが脳裏に蘇《よみがえ》る。

＊　＊　＊

「落ち着け〜落ち着け〜私っ……」

リクルートスーツに身を包んだ美都は、控え室で何度も深呼吸を繰り返す。

就職活動を始めて最終面接までいったのが、このル・ミエルただ一社だった。気合が入りすぎて昨日はよく眠れなかったくらいだ。

祖父母は美都の就職活動をとても気にかけてくれている。昭二などは「ダメならうちで働きゃいいんだよっ！」と言ってはいるが、雪子は面接がある朝は、お稲荷さんにお参りに行ってこっそり油揚げを供えているのだ。

（なんとかして受かりたい〜！　おじいちゃんとおばあちゃんを安心させたいっ！）

「岡村さん、どうぞ」

「はっ、はいっ！」

男性社員がやってきて、美都を社長室へと連れていく。

「失礼します！」

そのままの勢いで足を踏み入れたが、連れてきてくれた社員はさっと社長室を出ていった。

最終面接の相手は社長である。当然、ル・ミエルを受ける前に会社のことを調べてはいるが、高虎本人のことはほとんど知らない。社長室で美都の履歴書を眺めている高虎は、恐ろしく大きく見えた。

（こ、このひとがル・ミエルの社長なんだ……）

カジュアルなジャケットスタイルの彼は、入室してきた美都を見て立ち上がると、そのままスタスタと歩み寄ってくる。

（背、たかーい！）

美都は目を丸くして、目の前に立った高虎を見上げた。とても端整な顔立ちをしていると一瞬思ったが、それよりも緊張が勝った。

「よっ、よろしくお願いしますっ！」

大きく頭を下げる美都に、社長は低い声で「ああ」とうなずき、ソファーに座る。

ちらりと顔を見られて慌てた美都は――なぜか社長の隣に腰を下ろしてしまったのだ。

「――なぜ隣に座るんだ」

いたってポーカーフェイスで、一瞬なにを言われたかわからなかった美都だが、高虎が切れ長の目を細めて顔を覗き込んできたので、その距離の近さにハッと我に返った。

「えっ、あっ……」

失敗した。失敗してしまった。頭が真っ白になる。

(もう、ダメだ)

人間、テンパりすぎると声ひとつ上げられないようだ。美都は顔を紙のように真っ白にして、アワアワと口をパクパクさせた。

「――まぁ、いい」

「えっ!?」

高虎は美都が隣に座っていることなどどうでもよさそうに、履歴書に改めて目を落とした。

「字がうまいんだな」

高虎の声は低く抑揚にかけたが、そこに美都を責める空気は感じられなかった。

「あ……ありがとうございます」

その一言で美都の肩から力が抜けていく。

「住所と名前から察するに、あのアップルパイの『OKAMURA』なのか」

「は、はいっ！」

まさかル・ミエルの社長が祖父の店を知っているとは思わなかった。美都は嬉しくなって思わず素の笑顔になる。

「ご存じなんですか？」

「ご存じもなにも……」

「嬉しいです、私、本当にうちのお菓子が大好きで！　だから勤め先もお菓子関係が良くて、御社を希望しました！」

「そうか」

高虎は何度かまばたきをしたあと、それから美都を見つめた。

「――だったら、今から家のことを話してくれないか」

「私の家のことですか？」

「ああ。自由に話してほしい」

隣に座るという大失態をして、それを咎《とが》められなかったことに一度はホッとしたが、いよいよ面接らしくなって、美都は気を引きしめる。

ソファーで背筋を伸ばし、美都は口を開いた。

「私の家は昔ながらのお菓子屋さんで、両親が生きていた頃は家族ぐるみでお店を経営していました。お客様は商店街に住む皆さんがメインだったらしいんですけど、今から二十年くらい前にマンションが建ち始めて、顧客がかなりバリエーション豊かになったらしいです。それからファミリー向けのお店に少しずつ変わっていったと聞きました」

『OKAMURA』の歴史に彼が興味があるかはわからないが、家族の歴史は店の歴史でもある。

うまく話せたかどうかはわからない。けれどその時は嘘偽りなく、飾らずに自分の気持ちを話せたような気がした。

「――以上です」

美都がぺこりと頭を下げると、履歴書をじっと眺めていた高虎が唐突に顔を上げた。

「うちは現状、輸入菓子会社だが、いずれ開発した自社の商品を、日本のみならず、十年後、二十年後に、世界中に販売したい。世界中に流通の販路を広げているのは、そのためだ」

突如として始まった社長の話に、美都は目をぱちくりさせた。

「十年後、二十年後……？」

何よりたった今の面接のことしか頭になかった美都には、高虎の言葉はとても途方もない未来のような気がした。

「ああ、そうだ」

高虎はうなずいて、さらに美都に挑戦的な眼差しを向ける。

「『ＯＫＡＭＵＲＡ』のアップルパイがそうなったら、と考えたことはないのか？」

「それは……」

確かに今まで、祖父の元に大手菓子メーカーから共同開発の話が舞い込んだことは何度もある。

だが祖父は、品質に合格点が出せないとすべて却下してきたのだ。

「祖父のところには何度もそんな話が来ていました。ただどこも祖父の合格点が出なくて」

「それもそうだろう。『ＯＫＡＭＵＲＡ』は金では動かない。自信を持って出せるものじゃないと、オーケーはもらえないということだ……ああ、そうか」

それは美都に聞かせるわけではなく、自分に言い聞かせるようなつぶやきで――。

じっと彼の次の言葉を待っていると、

「採用」

と、低い声でつぶやいた。

「――えっ!?」

「採用だ」

高虎は組んでいた長い足を下ろし、履歴書をテーブルの上に置く。

（えっ、今採用って言った!?）

最終面接で社長の隣に座るという大失態を犯した。追い返されずに面接を受けられたことだけでも美都的には万々歳だったのに、今、この社長は「採用だ」と言う。

なんの冗談かと思ったが、高虎はぽかんと口を開けた美都を見下ろす。

「俺についてこい」

「ど、どこにですか？」

「うちは三十年後には、【お菓子の王様】になってるからな」

「お菓子の、王様……？」

次々と繰り出される高虎の言葉を、美都は繰り返すのが精いっぱいだった。

これを言ったのが高虎でなければ、美都は笑っていたかもしれない。

だがル・ミエルは、創業十年弱ですでに家賃の高いシブヤデジタルビルに本社を構え、従業員は全員正社員であり、なおかつ業績は毎年右肩上がりの、優良企業なのである。

（お菓子の王様かぁ……。似合うな。なんだか偉そうで堂々としてるもん）

美都の脳内に、長い足を組み玉座に座る高虎の絵が浮かんだ。

ちなみに自分の役どころはお付きのメイドだ。

「わかりました。私、ついていきます！」

社長との最終面接という独特の空気も手伝って、美都も立ち上がり、元気いっぱいうなずいてしまっていた。

高虎についていけば、楽しく、やりがいのある毎日が送れるような気がしたのだ。

本当に。

＊　＊　＊

「……なかなか、愉快な話ですね」

万里がくすりと笑う。

「そうなのよね。ついてこいって言われて、ついていきます、だからね」

美都も昔を懐かしみながら、うなずく。

(そっかぁ……そういえば、あの時ちらっと、アップルパイの話も出てたんだよね。あくまでも話の流れで出たと思ってたから、すっかり忘れてたけど。もしかしてあの時から、ずっと考えていたのかな?)

それから美都は少し眠たそうにし始めた万里をベッドに寝かせることにした。

「おやすみ、万里君」

「おやすみなさい、美都さん」

見た目よりもずっとしっかりして大人っぽい彼だけれど、目を閉じると天使そのものだ。

(かわいいなぁ……)

美都は手を伸ばし、前髪のあたりを撫でる。

「……美都さん」

「あっ、ごめん起こしちゃった？」

「ううん……」

万里はダウンケットから顔を出して、目を細める。

「今のすごく気持ちよかった……頭、撫でてほしいな。よく眠れそうだから……」

「うん、いいよ」

美都は万里の額の髪を指でかき分け、それからゆっくりと頭を撫でる。

人肌の温かみ、優しさ。そしてなにより大事にされているとわかる、まっすぐで嘘偽りのない愛情だ。

（そういえば私も、お母さんにこうやってもらうの好きだったなぁ……）

美都の心は温かい思い出に、幸福感に包まれる。

両親を早くに亡くして、確かに子供の頃は寂しい思いをたくさんした。けれど美都は不幸ではない。両親と過ごした時間は、確かに今も心の中に息づいていて、美都を幸せにしてくれるのだ。

（やっぱりこれは感傷じゃない……今でも私の中に確かに生きている、大事な思いなんだ）

一方万里は、うつらうつらとしながら夢見心地で口を開く。

「……そういえばさっきの、兄さんの……俺についてこいっていうの……プロポーズみたいですよね……」

なんだかんだ言って、疲れていたのだろう。万里はすぐに、すうっと眠りに落ちた。

(プロポーズ……。確かに言葉だけ取れば、そうかも)

それからしばらくして、万里は完全に寝入ったようだった。彼の胸が穏やかに上下するのを見て、ほっとしつつ、雪子に電話をかける。

数コールで電話に出た彼女の声は、しっかりしていた。心配していた昭二の退院は予定より早まりそうということだった。

「よかったね……おばあちゃん」

『そうね、本当によかった』

電話の向こうで、涙を拭いている気配がする。

一時はどうなることかと思ったが、本当によかったと思う。

「――それとね、ちょっと聞きたいんだけど。その、おばあちゃんが、高虎さんに私のこと預けたのって……おじいちゃんのことで手いっぱいだったから？　だから高虎さんに頼んだの？」

家族ふたりも看病するのは、負担だから――そう思えば納得もいく。

『ああ……違うわよ。高虎さんから、預からせてくださいって頼まれたの』

「え……？」

『信じられないかもしれないけど、彼女を傷つけたのは自分だから、挽回《ばんかい》させてほしいってね』

そして雪子は黙り込んだ美都へさらに言葉を続けた。

『ねぇ、美都。人生っていいことだけじゃない。悪いこともたくさん、傷つくこともたくさん、あるわ。それでも生きていかなくちゃいけない……』

「──うん」

美都は両親を亡くしたが、祖父母は息子夫婦を亡くしたのだ。辛いの一言ではとても言い表せない苦労があったことだろう。

『でもね、ひとりじゃとても耐えられないことも、昭二さんや美都がいてくれたから、がんばれたのよ』

「おばあちゃん……」

『がんばってみなさい。あがいてみなさい。美都ならきっとやれるわ。じゃあ、おやすみ』

「──うん。おやすみなさい。ありがとう」

そのまま通話を切って、美都はスマホをぎゅっと握りしめ胸に押し当てていた。

雪子は美都が今でも高虎を思っていることを知っていて、それでもなお最後までがんばってみなさいと励ましてくれているのだ。

ひとりじゃない、見守ってくれる人がいると思うと、勇気が湧いてくる。

（そうだよね。私らしく……かっこ悪くても最後までやってみよう）

美都はドキドキしながら、スマホに高虎の電話番号を表示させていた。

八章　お菓子の王様の秘密

ドクン、ドクン、と心臓が脈打つ。いざとなると緊張して指が震える。

（美都、悩んでちゃダメ。一応、業務連絡というていなんだから！　悩んだら電話できなくなる。ここは勢いでかけるのよ！）

すうっと息を吸って吐く。そしてダイヤルボタンに触れた。コール音が数回鳴ったあと、『はい』と、低い声が返ってきた。高虎だ。

「あの……岡村です」

もしかしたら電話帳から削除されているかもしれないと思っていた美都は、ホッと胸を撫で下ろす。

「出てくれてよかった……」

『美都……』

思わず本音が口を突いて出たが、それどころではないと早口で話す。

「あの、今日ここに万里君が来ました」

『なに？』

珍しく驚いた声である。

「弟の、万里君です。えっ、弟さんですよね!?」

『あっ、ああ。小学生の弟がいる……』

「右目の縁にほくろがあります？」

『あるな』

「よかった、弟さんで間違いないみたいですね。すごく頭がよくて、かわいい男の子です」

美都はよく眠る万里を起こさないよう、声を抑えながら場所を移動し、洗面台の前に立った。

「学校サボったって言うし、外泊も慣れてる感じだったんですけど、一応お伝えしておいたほうがいいと思って。たっ……社長に会いに来たみたいです」

『いや……違うんじゃないか？』

「えっ？」

『俺に会いに来るつもりなら、会社に来るだろう。そもそも連絡もなかった』

「あ……」

確かに、言われてみればそうである。

平日の昼日中にマンションに行ったところで、高虎に会える確率は低い。そもそも電話番号くらい知っているはずだ。

「じゃあどうして……」

『多分……お前に会いたかったんだろうな』

電話の向こうの高虎がため息をついた。

「私？」

なぜ私に……と思いかけて、そういえば万里が『自分は味方ですから』と言っていたことを思い出した。

（そりゃ、そんな風に勘違いされる状況ではあったけど……）

美都の胸がズキッと痛んだ。だが次の瞬間、高虎が思いもよらぬ爆弾を投げてきたのである。

『俺が好きな女と住んでいて、そいつと結婚するし家にも帰らないと言ったから、気になったんだろう。俺が一度言い出したら聞かないことは知っているだろうし』

「へぇ……はっ？」

あやうく聞き流すところだったが、美都の耳は高虎の言葉をキャッチしていた。

「いっ、今、なんて言いました？」

『一度言い出したら聞かないということか』

「そうじゃなくてっ！」

夜だというのに、叫んでいた。

「今、好きな女って！」

『──ああ、そうだな』

高虎の声は至極落ち着いている。

（ああ、そうだな？）

だが美都の頭は真っ白だ。

「えっ、どういうことですか？　好きな人？　あっ、もしかして私じゃなくて他にそういう人がいたってことですか？」

『美都』

なだめるような声が聞こえたが、美都は止めることができなかった。

「他にいたの？　その人のこと実家に紹介されてたとか？」

『美都、思考がとっ散らかっているぞ』

「だって……！」

これがとっ散らからずにいられようか。

たった今、高虎が横浜で口にした言葉は……。

「だってぇっ……」

ツン、と鼻が痛くなった。

そしてみるみるうちに目に涙が浮かぶ。

「なんで、今、そんなことっ……」

今まで一度だって好きだなんて言ってくれなかった。

いや、もちろん美都だって、高虎と暮らすようになってゆっくり彼を男として意識して好きになって。それから初めて体を重ねた夜に「好き」と一言言っただけではあるが、言うと言わないとでは大きな隔たりがあるはずだ。

「なっ、なんなんですかっ……バカァ……ッ！」

美都はぽろぽろと涙をこぼしながら、スンと鼻をすする。

すると携帯の向こうの彼が、ポツリと口を開いた。

『帰るから……すぐに話をしよう』

「えっ……？」

『話しかけるなと言われたことは覚えているが、やっぱり俺はお前と話がしたい』

そして通話は唐突に切れてしまった。

「あ……」

美都は突然切れたスマホをジッと見つめながら、頬を流れる涙を手の甲でぬぐう。

(高虎さん、帰ってくるのは明日の夜だよね？　早めに帰ってくるのかな)

わざわざ出張先で泊まるくらいなのだから、きっと大きな商談のはずだ。

面倒をかけたと思いつつも美都は洗面台で顔を洗い、ぼんやりした頭でベッドに向かう。

そしてぐっすりと眠っている万里の横に、体を滑り込ませて目を閉じた。

(話って……いったいなにを話すつもりなの……？)

耳に残る高虎の声は、必死になって彼を忘れようと思っている美都の胸を切なくさせた。

「……都」

熱いなにかが、頬に触れた。

「ん……」

なんとかして目をこじ開けると、目の前に大きな人影があった。

「……っ！」

（泥棒！！！）

全身が恐怖で総毛立つ。

とっさに、自分の背後で眠っている万里だけは、守らなければいけないと思った美都は、ダウンケットをつかみ、万里の体を覆い、悲鳴を上げるために息を吸った。

だがすぐに口が大きな手のひらで覆われる。

「んっ！」

「美都、俺だ」

「――ん？」

（俺って……えっ？）

「離すぞ。いいな？」

低い声は確かに、聞き覚えのある声で――。

美都はコクコクとうなずく。

口元を覆っていた大きな手が離れる。暗闇に少し目が慣れてくると、高虎がいた。

「……どうして？」

「タクシーで帰ってきた。明日の早朝戻らないといけないが、時間はある」

確かにすぐにと言っていたが、まさか『今すぐ』という意味だとは思わなかった。

「……びっくり、しました」

美都は寝ている万里を起こさないようベッドから降りて、高虎と一緒にキッチンのカウンター席に移動する。

高虎は麻のシャツにデニム姿だったが、おそらくシャワーを浴びてきたのだろう。ボディーソープの香りがした。

「美都」

「はっ、はいっ……」

いったいなにを言われるのだろうか。

好きとか、愛してる、とか……?

美都はギクシャクしながらうなずく。

「頼みがある」

「頼み……なんですか?」

てっきり、もっと色っぽいことを言われると思っていた美都は、拍子抜けだが首をかしげる。

「明日の夜、俺の仕事が終わったら病院についてきてくれないか。親父に会いに行く」

「えっ……」

「ダメか？」

高虎が少しだけ声を落とした。

「だっ、ダメじゃないです。行きます……っ」

会う気になってくれたのかと、美都の目には自然と涙が浮かんだ。それは、好きだとか愛してるだとか言われるよりも、ずっと嬉しい言葉だった。

なぜならそれは高虎の決意だからだ。辛いこともあるだろうに、それでも美都の言葉を聞いて、前に進むために向き合うと決めてくれたことが、本当に嬉しかった。

「——泣くなよ」

高虎は両手で顔を覆う美都に手を伸ばし、背中と頭を抱き寄せる。その温もりに美都の涙腺は余計緩んでしまって、ポロポロと涙が頬を伝いこぼれ落ちた。

「いや、泣くなもなにも……泣かせてるのはいつも俺だな……」

高虎は少し自嘲気味につぶやき、それから美都の背中をゆっくりと撫でる。

（高虎さんの……手の温度。匂い。懐かしい……）

もっとそばに行きたくて、美都は両腕を高虎の背中に回した。

（やっぱり私、高虎さんが好きだ。彼が考えていること、相変わらずすべてがわかるわけではないけれど、それでもそばにいたい……）

「好きです……あなたが好き」

好きだと告げると、胸がポカポカと温かくなった。

愛する人がいるというのは、なんて幸せなことなんだろう。確かに辛いことはたくさんあるけれど、それ以上に彼を支えたいという気持ちがどんどん胸の中で膨らんでいくのだ。

「私が思うほど、高虎さんが私のこと好きじゃなくてもいいです……。でも少しでも好きだって思ってくれるなら、これからもそばに……いたいですっ……」

都合のいい女だと笑われるだろうか。

それでもこの気持ちをなかったことにはできなかった。

高虎への思いは美都の中でしっかりと芽生え、根を張り、葉を広げ、実をつけたのだから。

「美都……」

高虎に名前を呼ばれると、胸がきつく締めつけられる。嬉しくてたまらなくなる。

顔を上げると、高虎が切なそうに目を細め、ジッと美都を見下ろしていた。

「俺は、物心ついてからずっと、自分以外の誰かに、頼ろうと思ったことは一度もなかった。だが……」

「だが？」

「お前がここを出ていってから、シャレにならないくらい、毎日が虚しかった。何度もここに、お前がいてくれたらって、思った」

「え……？」

高虎の指が、美都の頬を流れる涙を拭う。

「俺はまともに育っていない俺自身をなによりも信じていなかった。だから自分の心変わりが怖かった。今はよくても、いつか俺はお前を傷つけるかもしれないと思うと、ずっと行動を起こせなかった。それでも俺にはお前が必要で……そばにいてほしくて……限界で……。渡りに船とばかりに、あんな形で無理に結婚を迫った」

高虎の低い声だけが、静かに部屋に響く。

「あんな……？」

「美都、愛してる」

彼の唇が、そっと美都の額に触れる。

「お前が考えているずっと前から、俺はお前に惚れてるよ」

高虎の声が少しだけ柔らかくなる。

精いっぱいの好意に、その、甘やかな告白に——美都の体に電流が流れ心臓は信じられないくらい早く、鼓動を打ち始めた。

ずっと待ち望んでいた言葉のはずなのに、まさか本当に、自分を思っていてくれていると素直に受け入れられなくて、

「ずっと前って……なにかの冗談ですよね？」

美都は思わず口走っていた。

「は？」

高虎が目を丸くする。

それもそうだろう。

愛してる、惚れてるとはっきり言葉にしたはずなのに、その言葉をなにより欲しがっていた美都が、信じようとしないのだから。

だが美都は激しい混乱の真っ只中だった。

「だっ、だって……っ……自分はそもそもアップルパイのレシピのおまけで、高虎さんは実家から押しつけられる結婚から逃げるために選んだだけで……えっ、違うって、ことですか？」

美都はしどろもどろになりながら、高虎を見上げる。

今彼が話してくれた言葉は、なんだか昔から美都のことを憎からず思ってくれていたように聞こえた。

だがそんなはずがないと、つい思ってしまうのである。

「無自覚とは恐れ入る……」

高虎はそんな美都にくすりと笑って。

「まぁ、いい。俺にはお前しかいないと、これからじっくり教え込んでやる」

実に偉そうに、そして彼らしく、宣言したのだった。

そっと、高虎が手を伸ばし顔を近づけてくる。

(高虎さん……)

柔らかく重なるキスが強い幸福感に包まれる。

美都は胸を弾ませながら、目を閉じたのだった。

翌朝――。ベッドを抜け出して朝食とお弁当を作っていると、

「わぁぁぁあ!?」

と、目を覚ました万里の悲鳴が聞こえた。

「万里君っ!?」

驚いた美都が振り返ると同時に、ドスン、と大きな音がした。なんと高虎がベッドから転げ落ちている。

「わっ、高虎さんっ……!」

お掃除ロボットも動き出して、ごつん、ごつん、と高虎にぶつかっていた。

懐かしい光景にふと、頬が緩む。

「おはよう、万里君」

「おっ、おはよう、だけどちょっと待って、なんでここに兄さんがいるの?」

ふわふわの髪は寝癖であちこちに跳ねている。彼は髪をかき回しながら、床に落ちても相変わらずグウグウと寝ている兄を、ベッドの上からおそるおそるといった様子で見下ろしていた。

そう、昨晩は告白の流れ的に高虎にあれやこれやを教え込まれるはずだったのだが——さすがにベッドに小学生の弟が眠っている状況で、そのような行為に及ぶはずもなく、高虎はもう一度額にキスをくれただけだった。とはいえ、そのキスはとても甘くて優しくて、美都が幸せな気持ちになったのは、いうまでもない。

美都は万里の隣に横になり、その隣に高虎が眠った。

三人仲良く眠りについたのだが、万里にしたら突然の兄の登場で、驚くに決まっている。

「昨日、帰ってきたの。でも今日も仕事だし、もう行かなくちゃいけないと思うんだけど……万里君、起こしてくれる？」

「わかった……兄さん、起きて、朝だよ！」

万里はベッドから降りて、ゆさゆさと高虎の体を揺さぶった。

「んー……」

高虎は軽くうめいたあと、そのまま腕を伸ばし、万里の腕をつかみ引き寄せる。

あっという間に抱き込まれて、万里の姿が見えなくなった。

「うわわっ！　兄さん、苦しいっ！」

「ん……？　ああ……間違った」

「間違わないでよ！」

兄をバシバシと叩きながら、万里が這々《ほうほう》の体で立ち上がるが、高虎はマイペースにふわふわと大きなあくびをしながら、壁の時計を見上げた。時計の針は七時を指している。

「シャワーを浴びる。十五分後にここを出る」

そしてシャワールームへとスタスタと歩いていった。高虎の背中を見送りながら、万里は「はぁ」とため息をつく。

「なんなの、あのテンション……美都さんもよく付き合えるね。っていうか、間違ったってことは、いつもああやって、ぎゅうぎゅうされてるの?」

「えっ……あの、その……」

なにやらあれこれを思い出して恥ずかしい。

「ふぅん……」

しどろもどろになる美都を見て、万里は意味深に笑った。

「もう、からかわないで」

まさかそんな風に追及されると思ってなかった美都は、苦笑しながら弁当袋をひとつ、万里に差し出した。

「はい、これ万里君の分」

「え?」

万里はキョトンと目を丸くする。

「お弁当。よかったら食べて」

「ええっ! 美都さん手作りなのっ!?」

万里は大きな目をさらにまん丸にして、受け取ったお弁当袋と美都を見比べた。

「おにぎりとちょっとしたおかずの簡単なものだけど。あ、学校ってもしかして完全給食とか？」

「ううん、いつも校内のカフェかレストランで食べてるよ。お家の人のお弁当持ってきてる子もいるから、いいなーって思ってたんだ。わー、嬉しい！　ありがとう、美都さん」

万里はそのまま、美都にぎゅうっとしがみつくように抱きついてきた。

「ねぇ、また泊まりに来てもいい？」

そしてキラキラの瞳の上目遣いでこちらを見上げてくる。非情にあざとく、そしてかわいい。逆らえそうにない。

美都は苦笑して万里の頭を撫でる。

「いいよ、もちろん。前もって電話してくれたらいろいろ準備するし」

「じゃあ連絡先を交換しようよ」

「うん」

万里とメッセージアプリのＩＤを交換していると、そこに髪をタオルで拭きながら高虎が姿を現した。

「あ、兄さん。お弁当作ってもらったんだよ」

万里ははしゃいだように笑顔を浮かべ、お弁当を見せびらかす。

高虎はそんな万里をじっと見つめたあと、二人の様子を微笑ましいなぁ、と眺めていた美都に目線を向けた。

「――俺には？」

「えっ!?」

高虎が不満そうに、美都を見つめる。

「ええーっ、兄さん、僕に張り合うの？」

万里がゲラゲラと笑い始めるが、高虎はいたって真顔で、そのまま美都に詰め寄った。

「俺の分……」

（ち、近い～!!）

鋭すぎる目に美都はタジタジになるが、

「あっ、ありますよ、もう出るんでしょう？　どこでも簡単に食べられるように具沢山のおにぎりにしてます」

慌てて包みを差し出した。

「――ならいい」

高虎は上から目線で弁当を受け取り、唇の端をニヤッと上げる。

「いいんだ？」

万里が呆れたようにつぶやいたのが妙におかしくて、笑ってしまった。

それから着替えた高虎が出ていくのについて玄関まで向かう。

「今日、できるだけ早く帰る」

「わかりました」

うなずくと同時に、腰を抱き寄せられた。

「……わっ？」

「嫌な思いを、させるかもしれない」

高虎が美都の首筋に顔を埋めるようにしてささやいた。

声はいつものように低い。けれど腰に置かれた手が微かに震えているような気がした。

（ああ、不安なんだ……）

高虎の繊細な心のうちに触れて、胸がぎゅっと苦しくなる。

初めて彼から頼られた気がして、美都は涙をこらえ、高虎の背中に腕を回していた。

「大丈夫です。私、わりと打たれ強いし。転んでも泣かないし」

「……なんだ、それは。テキトーだな」

高虎は美都の言葉に気が緩んだのか少しだけ笑って、それから額に軽く口づけ体を離す。

「いってらっしゃい」

「──ああ。行ってくる」

美都の言葉に軽く手を上げて、高虎は出ていった。

（嫌な思いをさせるかも、しれない……かぁ……。それでも私は高虎さんがそばにいてくれたら、折れないでいられると思う。楽観的かもしれないけど……）

美都からしたら高虎が傷つくほうがよっぽど怖い。あの強い彼がこんなに頑なだったのは、それまでたくさん傷つけられたからだろう。叩かれて強くなったといえば聞こえはいいが、それまで彼が負った傷を思うとやはり胸が締めつけられる。

彼だって最初から強かったわけではないはずだから。

（高虎さんの力になりたい）

だけど、私になにができる……？

しばらく考えて、それからふうっと息を吐いた。

「――よしっ」

両手で頬をパンと叩いて、美都はきびすを返し、洗面台で顔を洗っている万里に声をかける。

「万里君、朝ごはん食べよう！」

「はーい！」

（気負わず、私はいつも通りの私でいよう。私は私らしく、だ）

それから美都は万里と一緒に朝食を食べ、彼のふわふわの髪にブラシを入れながら、今晩、高虎と病院に行くことを告げた。

「そっか……」

万里は少し考え込み、それからまっすぐに美都を見つめた。

「兄さんのこと、よろしくお願いします」

「うん」

ニコッと笑うと、万里もまた、同じように微笑む。

「高虎さんと万里君、なんだか兄弟が逆みたいね」

「それ、よく言われます」

「無理は……」

「してないんですよね、それが。どうも僕の性《しょう》に合ってるみたいで」

どうやら小学生でなおかつ弟にもかかわらず、天性のお兄さん体質らしい。

「でも、愚痴りたい時があったら、私に話して。私結構聞き上手なの」

天性のお兄さん体質で、頭が良くて、しっかり者でも。たまには吐き出したい日もあるだろう。そう思った。

「美都さん……ありがとう」

天使の笑顔で、万里はうなずいたのだった。


万里を送り出してから、美都はいつも通りを心がけた。

部屋中の掃除をして買い物をし、夕食の下ごしらえや常備菜を作り、冷蔵庫をいっぱいにした。

そうやって一日を過ごし、シャワーを浴びて身支度を整えていると、高虎から三十分後に迎えに行く、とメールが届いた。

壁の時計を見上げると、二十一時半だ。入院患者に面会はできるのだろうか。普通なら難しい時間だろう。

とりあえず約束の時間より少し早めにマンションを出て待っていると、タクシーが目の間に停車した。後部座席に高虎の姿がある。隣に乗り込むとすぐにタクシーが動き出した。

「こんな時間でも大丈夫なんですか？」

「ああ。金澤に連絡してある」

そううなずく高虎の横顔をちらりと見る。

暗い車内だが、ギリシャ彫刻のような整った顔が、すれ違う車や繁華街の灯《あか》りに照らされてぼんやりと浮かび上がる。

無表情なのも無口なのもいつも通りだが、少し緊張しているように見える。

タクシーが向かった先は日本有数の大学病院だった。スロープをゆっくりと蛇行して、タクシーは真っ暗なロビーの目の前に停車する。当然、あたりはしんと静まり返っている。先に美都がタクシーを降りたが、高虎は降りてこようとしない。

「お客さん？」

タクシーの運転手が怪訝そうに運転席から振り返った。

「高虎さん……」

ここに到着するまで、彼は一言も口をきかなかった。

うつむいた高虎の表情は相変わらずよくわからなかったが、体がこわばっているのがわかる。

美都は手を伸ばし、膝の上で固く握りしめられている拳にそっと触れた。そしてその手を取り、引き寄せる。

「高虎さん、行きましょう」

高虎が顔を上げ、美都を見つめる。

「――ああ」

高虎は唸るように声を絞り出し、タクシーを降りた。手を繋いだまま深夜受付に足を踏み入れると、そこには到着を待っていたらしいスーツ姿の金澤がいて、こちらの姿を見て足早に駆け寄ってくる。

「親父は？」

「眠っておられます」

「そうか……」

「とりあえずこちらへ」

金澤に案内されながら、最寄りのエレベーターに乗り込む。おそらく今回は特別な対応なのだろう。やはり自分たち三人以外に、見舞い客の姿はなかった。

金澤はエレベーターの中で、高虎の隣にいる美都に目をやり、会釈する。

「先日は、失礼いたしました。それなのに、高虎さんを連れてきてくださって、ありがとうございます」

「……いえ」

まさか礼を言われるとは思っていなかった美都は、慌てて首を振った。

「別に私は……」

「美都がいなかったら、来なかった」

高虎はポツリとつぶやいて、そして美都の手を握る手に力を込める。

「高虎さん……」

自分がいたから、彼は変わろうと努力してくれたのだ。

（少しでも彼にも、お父さんにも、いい形で会えたらいいんだけど……）

美都も応えるように高虎の手を握り返す。繋いだ手からお互いを支え合おうという気持ちが溢れてくる。

やがてエレベーターが止まり、ドアが開いた。

「こちらです」

明らかにフロアの雰囲気が違う。ナースステーションにいる看護師は明らかにベテラン揃《ぞろ》いで、見ているこちらの背筋まで伸びそうである。

廊下は大理石で、何気なく置いてあるソファーは本革製、廊下に飾られた花瓶も大きく、花の鮮度も抜群だ。看護師があちこちを歩いていなければ、さながらホテルのようだった。

「他の患者さんはいないのかな」

「ここは関係者以外入れないようになっています」

廊下を進み、黒塗りのドアの前で金澤が立ち止まる。そこに一目で責任ある立場の人だとわかる、白衣姿の医師が待っていた。金澤さんが間に入り医師を紹介する。

「高虎さん。こちらが外科部長の片瀬《かたせ》教授です」

「旗江高虎です」

「あなたが高虎さんですか……。お会いできてよかった」

本当に、そう思っているかのように自然な様子で、片瀬は穏やかに微笑むと、

「ちょうど私も謙一郎《けんいちろう》さんと話をしたところでした」

と、目を細めて高虎を見つめる。

どうやらファーストネームで呼び合う間柄らしい。すると、

「社長はかつて片瀬教授の家庭教師をしていたくらい親しい仲なんですよ」

と、金澤が美都にそっと教えてくれた。

「では、なにかあれば呼んでください」

「ありがとうございます」

片瀬は軽く会釈をして、エレベーターのほうに向かっていった。

高虎は片瀬教授の背中を見送ったあと、ドアに手をかける。もちろんもう一方の手は、美都の手を握ったままだ。

音もなくドアは開き、高虎は美都とふたり、病室の中に入った。落ち着いたホテルのような内装ではあるが、ベッド周りは確実に、ここが病院だと思い知らされる光景が広がっていた。

「親父……」

大きなベッドに男性が横たわっている。腕には点滴が繋がっており、心拍数や呼吸の状態を知らせる機械が彼を取り囲んでいた。想像していたことではあるが、かなり痩せていて痛々しい。

それでも美都は、ベッドの中の彼に高虎との確かな血の繋がりを感じ取っていた。

(似てる。この人が旗江謙一郎。高虎さんのお父さんなんだ……)

彼は、中世の肖像画の中にいてもおかしくないような、彫りの深い華やかな顔立ちをしていた。そして明治の元勲のような厳しさもある。

そんな彼に向かって、高虎は唐突に呼びかける。

「親父。死んだふりやめろよ」

「たっ、高虎さんっ？」

死んだふりとはいきなり不謹慎なと思ったが、その瞬間、閉じられていた目がパチリと開いた。

三白眼の目が、ギョロリと動き、高虎と美都に向けられる。そしてゆっくりと、ベッドの背もたれが電動で起き上がった。

「……やっと気が変わったと言いに来たのか」

日本有数のグループ企業の長である彼は、まっすぐに高虎を見上げた。

その目は鷹《たか》のように鋭く、たとえ息子相手でも容赦しない、そんな激しい感情をはらんでいた。

「まさか」

その目を受けて、高虎が肩をすくめる。

「俺はあんたの跡なんか継がない。その気持ちは二十年変わっていない。だが……万里は特別頭がいい。あと二十年待てよ。優秀な人材をかき集めている旗江グループならどうってことないはずだ。先のことはあいつに期待しろ」

「は……お前は……手のつけられない愚か者のようだな」

旗江謙一郎は、軽くため息をついて、目を伏せる。

「たかが菓子の輸入会社など……くだらん。実に、くだらん、子供の遊びだ。遊びで一生を終えるなど、それでも男か……。この旗江の恥さらしが……」

声自体に覇気はない。むしろ小さな声である。だが言葉一つ一つが鋭い刃のようで、聞いている美都の胸をサクサクと突いていく。

(恥さらしって……いくらなんでもひどい。高虎さん、ずっとこんなこと言われて育ってきたの……?)

「お前にはずっと、失望させられ通しだ……」

「そうか。それは嬉しいな。あんたを死ぬ間際までがっかりさせてるかと思うと、せいせいするよ」

だが高虎も全く負けていない。返す刀で切りかかっていく。

これが彼が自分の身を守るために身につけたやり方なのだろう。こうなることは想像していたが、親子のやり取りを聞いていると、美都の胸はチクチクと痛む。

「いいか。俺は自分のやりたい仕事をこれからも続けていく。これが俺の夢だからだ。

そして俺には心に決めた女性がいる。美都」

「っ、は、はいっ！」

繋いでいたはずの手が離れ、肩を抱き寄せられる。それまで緊張して立ち尽くしていた美都は、そのまま旗江謙一郎の前に、晒《さら》されてしまった。

「幹事長の娘と天秤《てんびん》にかける価値が、あるとは思えんな……」

美都を目の端でちらりと確認した謙一郎が、バッサリと切り捨てる。

（えっ、幹事長の娘っ⁉　幹事長って与党のナンバーツーの、幹事長っ⁉）

驚いて高虎を見上げたが、

「会ったことすらない」

と、高虎は首を振った。どうやら本当に、高虎の政略結婚の相手は幹事長の娘らしい。住む世界が違うどころの話ではないようだ。

「あんたにはわからないんだろうな。でもいいさ。俺にとって、彼女は何者にも代えがたい、世界でいちばんの宝物だ。俺が今生きていられるのも、彼女のおかげなんだ」

（生きていられるのも……？）

どういうことかと気になったが、謙一郎は高虎の告白を聞いてもなお、そんなことはどうでもいいと言わんばかりによろよろと腕を上げ、手を振った。

「もう、いいっ……失せろ……どこにでも、消え失せろ……」

まるで野良犬でも追いはらうかのようなその仕草に、高虎は嫌悪感をあらわにした。

「あんたは最後の最後まで、そうなんだな。初志貫徹、恐れ入るよ」

そして唇の端を上げるようにして皮肉っぽく笑い、美都の肩を抱く手に力を込めた。

「行こう、美都。これ以上ここにいても仕方ない」

出ていこうときびすを返す高虎に、

「――待って！」

とっさに美都は叫んでいた。

美都の突然の言葉に誰よりも驚いたのは高虎だった。

「美都？」

いったいなにをしたいのかと、怪訝そうな目で美都を見下ろす。

「――少しだけ、私にも話をさせてください」

美都は自分の肩をつかむ高虎の手をそっと外すと、そのままベッドサイドに歩み寄り、我が子を野良犬のように追いはらった旗江謙一郎の手を両手で握りしめた。

「先ほどご紹介にあずかりました、岡村美都です。歳は二十五で、高虎さんの会社の社員です。まぁ、そんなことはご存じだと思うんですけど……」

「なにが言いたい……」

すぐに振りはらわれると思った手は、動かなかった。ひんやりと冷たく、カサついている、けれどとても大きな手だった。

（本当は私に手なんか握られたくないと思うけど……振りはらう力、きっともうないんだ……）

美都はそのまま旗江謙一郎と同じ目線になって、言葉を続けた。

「私、高虎さんを愛しています。最初はこんなことになるなんて思いもしなかったけど、今は、本気でそう思っています。そして近い将来……彼と家庭を持とうと思います」

「美都……お前、なんでそんな急に……」

一刻も早く病室を出ようとしていた高虎に、美都は振り返って、ニコッと笑いかけた。

「お父さん、安心するかと思って」

「はっ……？」

高虎は驚いたように目を見開き……同時に、美都の手に包み込まれた謙一郎の手が、ピクリと動いたような気がした。

高虎と切りつけ合うような言葉を繰り出す旗江謙一郎を見て、一瞬怖くなったのは本当だ。

だが自分がここにいる意味を考えて……例えば高虎に代わって謙一郎に「あなたは間違っている」と叫ぶのも、違う気がした。楽観的かもしれないが、謙一郎がこんな状態でも高虎を我が子だと、後継にしなければならないと信じているのなら、そこに彼なりの愛情があると、思いたかった。

すれ違っても、交わらなくても。

旗江謙一郎は高虎の実の父なのである。

「お父さん、高虎さんのこと、私に任せてください。頼りなく見えるかもしれませんが、私なりに精一杯、彼を幸せにしますから」

美都は堂々と宣言していた。

(旗江グループの社長からしたら、私なんてきっと物の数にも入らない。例えば世界を変えるのに、私にできることなんて、なにもない。でも私は、高虎さんが抱える傷を一緒に抱えることはできる……。喜びを分かち合うことも、できる)

「安心してください。私はずっと彼のそばにいます」

そしてゆっくりと、握った手をシーツの上に置いた。

「急に来てすみませんでした。でも私はお会いできてよかったと思います」

美都はペコッと頭を下げ、それから凍りついたように唇を引き結んだままの高虎の元に駆け寄る。

「すみません、お待たせしました」

「――」

「高虎さん？」

彼はなにかを言いかけて、けれどなにも言えない、そんなふうに立ち尽くしていた。

そんな高虎の手を握ったところで、背後から声がした。

「勝手にしろ……」

その声は蚊の鳴くような声で。けれど美都と高虎の耳に、確かに届いたのだ。

「勝手に、生きろ……」

生きろ――。

それは不器用な旗江謙一郎なりの、息子に対するはなむけだったのではないだろうか。

自宅マンションに戻るまで、高虎は一言も口をきかなかった。美都もわざわざなにも言わなかった。高虎がシャワーを浴びている間に、万里に病院にお見舞いに行ったことだけメッセージを送る。

(きっと、気にしてるだろうしね……)

すぐに万里から返事がきた。

【近いうちに、お話聞かせてください】

了解とスタンプで返したところで、高虎がバスルームから姿を現した。

「お酒飲みます?」

ふたりで飲んだことはないが、ふと、思いつきで尋ねると、高虎はすぐにうなずいた。

「──そうだな」

「じゃあ私も飲もうっと。大吟醸、開けちゃいましょう」

頂き物の日本酒やワインが、この家にはたくさんあるのだ。美都はバカラのグラスとナッツを用意して、高虎と並んでカウンターに腰を下ろした。

かなり長い間シャワーを浴びていた高虎だが、その横顔はひどく疲れているように見えた。

（いろいろあったし、今日はお酒を飲んで早く寝たほうがよさそう……）

そんなことを考えた矢先のこと、高虎がポツリとつぶやいた。

「俺が人に頼ることを知らないのは……そういう風に育ったからだ」

「高虎さん……」

高虎はじっと手元のグラスを見ながら、ぽつぽつと言葉を続ける。

「子供の頃から、ずっとひとりだった。母はお嬢様育ちで料理は得意だったが、雨の日に迎えに来てもらったことなんか一度もない。手作りの弁当だって、食べたことがない。母の料理はすべて、帰ってくるかどうかわからない父親のためで、子供の俺に、いい母親のポーズを取るためだった。俺の食べたいものなんて、一度だって作ってくれなかった」

高虎の突然の告白の内容に、美都は息を飲んだ。

「父親がいよいよ帰らなくなって……母は荒れた。まぁ、よそに女を囲っていたらしいから、そういったことを肌で感じ取っていたんだろうな……。それでも子供の俺は、どうしても諦めきれなくて……誕生日にどうしても母のチキンが食べたくて……俺のためになにかをしてもらいたくて……頼んだら、『あんたのためにしたくもない料理をするのが苦痛なの！』と、突き放されたんだ」

「そんな……」

「いや、母はすでにおかしくなっていたんだろう。それから数年後、酒におぼれたあげく、体を壊してあっけなく死んだよ」

高虎は悲しげに笑って、グラスの中身をあおるように飲み干した。

そういえば高虎は『言ってくれれば雨の中、迎えに行ったのに』と言う美都に、不思議そうな顔をしたことがあった。お弁当だって、食事だって、美都が当たり前だと思うことに、どこか受け入れられないと、怯えているような節があった。

それはきっと母親との辛い過去を思い出させたからだ。

「俺は本当は、弱い男だ」

高虎がはっきりとそう口にした瞬間、美都の目に涙が浮かんだ。

「弱い男のくせして、なにも怖くないふりをしていた。結婚だって……俺みたいに育ってきた男が申し込んではいけなかった。だが俺は……お前ならと……」

テーブルの上の、強く握られた拳が白くなる。

「父親だけじゃない。死んだ母親にも、あてつけたかったんだ。俺だって、普通に幸せになれるんだと……甘えたことを……」

うつむいた高虎の声が、微かに震える。

「勝手ばかりで、すまなかった……」

美都はその瞬間、おそらく誰にも知られたくなかったに違いない過去を、心をさらけ出した高虎を、抱きしめたくなった。

(この人は、今までどれだけの幸せを、諦めてきたんだろう)

だから高虎は、自分にはその価値がないと思っている。

「幸せになりたいと思うことは、甘えなんかじゃないですよ……思って、いいんですよ」

もう、諦めてなんかほしくない。そんな思いを込めて、美都は血の気を失った高虎の拳の上に、そっと手のひらを重ねた。

その瞬間、高虎が顔を上げて――。美都が見たこともないような、今にも泣き出しそうな、切ない表情で――。

「美都っ……」

名前を呼び、そのまま強く、美都の上半身を抱きしめた。

「美都、美都……っ」

それは抱きしめるというにはあまりにも性急で、必死で。祈りにも懇願にも似た強い抱擁に、胸の奥から愛しさがこみ上げ、美都の頬を涙が伝う。

「一緒に幸せになりましょうね」

広い高虎の背中に腕を回し、胸に顔を埋めた。

それから高虎は、貪るように美都を抱いた。本当にここにいるのかと確かめるような、余裕もへったくれもないような、そんな時間だった。

何度も「愛している」とささやき、それ以上に美都にも、「俺を愛していると、言ってくれ」とねだった。濃密な時間を過ごし、力つきるように眠りに落ちた高虎を、美都は胸に抱いて眠った。

高虎に抱かれて眠る夜は今まで何度もあったが、彼を抱いて眠るのは初めてだった。

美都が出ていってから、眠れない日々が続いていたらしい。

すやすやと穏やかな寝息をたてている高虎のぬくもりが嬉しかった。

(……でも昨日、今日は、グッスリ眠れてるみたい。よかった)

胸に顔を埋めて眠る高虎の髪を優しく撫でながら、夜が明け、カーテンの隙間から部屋の中に朝日が差し込む様子を、美都はベッドの中から眺めていた。

これから先、どうなるかはわからない。

いくら旗江グループが磐石とはいえ、今後も高虎が完全に無関係でいられるかというと、怪しいと思う。

（だけど私は、高虎さんが選ぶ道を、応援するだけだ）

なにも怖くなかった。本当に、なにも。

九章　今日も明日も明後日も

翌週――。美都と高虎は、退院が決まった昭二のお見舞いに行った。ふたりが一緒に姿を現したのを見ても、昭二はとくに驚いた様子もなかった。どうやら雪子がとりなしてくれていたらしい。

「私が至らないせいで、ご心配をおかけしました」

深々と頭をさげる高虎を見て、昭二は少し面白くなさそうに唇を尖らせたが、

「今、美都に心底惚れてんなら、別に俺は文句はねぇよ」

と、すんなり受け入れてくれた。

ろれつが回らなかった言葉も、今は十分、元通りのようである。当然、今後はリハビリが必要ではあるが、おそらくそれほど時間もかからず、通院で問題ないというのが医者の言葉だった。

「それよりもうちのアップルパイの販売の件、どこまで進んでんだ？　暇で死にそうなんだよ。話聞かせろよ」

かなりぶっきらぼうな物言いだが、美都も雪子も、あれは照れ隠しであるとわかっ

ていたので心配していなかった。

「はい」

高虎も微かに笑って、パイプ椅子に腰を下ろす。

一方美都は病院のコインランドリーで、雪子と並んで、ぐるぐると回る洗濯物を見つめていた。

「おばあちゃん、前もって高虎さんのこと、おじいちゃんに話してくれてたんでしょう？　ありがとうね」

「ううん、いいのよ。私は彼を信じようって思ったんだから」

「どうして高虎さんを信じたの？」

いくら高虎が挽回するチャンスをくれと言ったとしても、金澤が手切れ金を持ってきて、完全に信用をなくしたはずである。

「――思い出したのよ」

「思い出したって？」

美都が首をかしげると、雪子がクスッと笑って美都に顔を寄せた。

「高虎さんね、二十年近く前だけど、うちのお客様だったの」

「──えっ!?」

高虎が『ＯＫＡＭＵＲＡ』の客だった!?

「う、うそ、そんなの聞いたことないよっ！」

「うん、そうね。でも私は思い出したのよね。通ってくれたのは数ヶ月だけだけど、綺麗な顔の子だなぁと思ってたし、名門中学校の学生服を着てて、昼くらいにアップルパイだけ買っていくの。学校どうしてるのかなぁって思ってたから、その子のことは印象に残ってたわ」

雪子はにっこりと笑って、目を丸くして絶句している美都を見つめる。

「そのことを言ったら、旗江さん、ものすごく驚いてたわ。でもだから私は信用したの。そんな昔から縁があるんだもの。きっともう、これはそうなる運命なんじゃないかって」

雪子はかわいらしい笑顔で、ニコニコと笑った。

病院からの帰り道、なんとなく歩きたい気分だった美都は、高虎を誘って『ＯＫＡＭＵＲＡ』からほど近い河川敷を散歩がてら歩いていた。

「高虎さん、昔、うちに通ってくれてたお客さんなんですってね。どうして言ってくれなかったんですか？」

若干拗ねたような口調になったのは、仲間はずれになったことへの不満である。しかも内容的に悪い話ではないではないはずだ。もっと早くに聞いていたら、こんな風にこじれなかったと思ってしまう。どうして話してくれなかったのかと、美都は不服だった。

「ちょっと、座るか」

高虎は苦笑しながら美都の手を取り、河川敷に腰を下ろした。

目の前には夕日を受けてキラキラと光る川が流れている。美都にとっては見慣れた風景だが、高虎は少しまぶしそうに、その景色を眺めていた。

「これは雪子さんにも話してないことだが……当時の俺は少し荒れてて……。死にたいと思っている、子供だった。よく学校をサボって、このあたりをウロウロしていた。アップルパイはたまたま商店街をぶらついている時に、なんとなく買ったものだ。そしたら想像以上にうまくて……それでたまに買うようになった」

高虎は腕を後ろにつき、落ちていく夕日を見つめる。

『死にたいと思っている子供』という言葉に、胸がどきりとなったが、その横顔は穏やかで、当然、今の高虎にその気持ちはないのだと思い直して、ホッとする。

「で、その日はたまたまこどもの日だったか……なにかのイベントをしていて、店の前で風船を配ってた。その時、店の手伝いをしていたのが、お前だ」

「へぇ……ええっ!?」

昔話に自分が出てくるとは思わなかった美都は驚愕した。

だが考えてみれば、幼い自分が祖父母の店にいておかしいということはない。普通にありえることだ。

「全然覚えてないです……」

「まぁ、小学校に入るか入らないかくらいだから、覚えてなくてもおかしくないだろ。俺は中学生だったから覚えてただけだ」

高虎は苦笑して、言葉を続けた。

「並んでアップルパイを買っていくお客様に、風船を渡すのがお前の役目だった。俺はさすがに並んで買うのは恥ずかしいと思って、遠目に眺めていた。お前と、両親と、優しそうな祖父母と……絵に描いたような幸せな家族で、俺は同じ人間でもこんなに境遇に差があるんだなと、絶望しながら見ていた。余計、死にたくなったよ……本当に」

高虎は少し困ったようにつぶやく。

「だが、俺は幸せの象徴みたいな子供のお前から目が離せなかった。うらやましいと思いつつ、ただ見ていた。だがお前は途中でうっかり風船から手を離してしまって……。風船を追いかけて、走り出したんだ。お前の両親はたまたま目を離していて、誰も気がついてなかった。危ないなと思って、気がついたら俺も走りだしていた」

「ど、どうなったんですか……？」

自分のことなのに、全く覚えていないからドキドキしてしまう。

「風船は商店街の入り口のアーケードに引っかかっていた。それを俺がとって、お前に渡した」

「それが私たちのファーストコンタクト!?」

美都は思わず興奮してしまったが、

「まぁ、そうだな」

高虎はなにを思い出したのか、クスクスと笑い始める。

「風船をとった俺に、お前は言ったよ。『背が高いとなんでも取れていいね！』って。お前、大きくなっても同じようなこと俺に言うから、笑ったがな」

「そ、そうでしたっけ……？」

三つ子の魂百までというが、そんな頃から変わってないと言われるとさすがに恥ずかしくなる。

「お前はやたら人懐っこくて、聞いてもないのにペラペラと、俺に個人情報やら店のことやらを話し始めた。風船をとっただけでもう友達認定されていた」

「うっ……それは昔、よく怒られてました」

「なかなか面白かったぞ」

昔を思い出したのか、高虎はクスッと笑う。

「楽しんでもらえたなら幸いです……」

小さい頃の美都はとてもおしゃべりな女の子で、母親と買い物に出かけた先でも、お店の人や通りすがりの人に話しかけていたらしい。

「で、お前を『ＯＫＡＭＵＲＡ』まで送っている時に、言われたんだ」

「まだなにか言ってるんですか、私……」

正直、嫌な予感しかしない。おそるおそる尋ねる。

「手作りっぽい小さなバッグから、ビニール袋に入ったアップルパイをお礼だとくれた。そして『お兄ちゃんがお菓子の王子様になったらけっこんしてあげてもいいよ』と……」

「……はい？」

「プロポーズをしてもないのに、条件を出された」

「ううっ……」

恥ずかしすぎて、美都は思わず両手で顔を覆っていた。

そんなことしてませんと言えないのは、幼い頃の自分は、そういうことをしたに違いないと思ったからだ。当時の美都はプロポーズがブームだったのである。父にも、母にも、祖父母に対しても、同じことをしていたような気がする。

「まぁ、流行《はや》ってたんだろうな、子供のお前の中で」

「ええ……そうです」

高虎は打ちひしがれる美都を見て、ククククッと喉を鳴らして笑うと、そのまま肩を抱き寄せて、こめかみのあたりに唇を寄せた。

「他愛もない、子供の冗談だ。だけど俺はその瞬間、なんとなく吹っ切れたんだ。肩の力が抜けた……とでもいうかな。それから死にたいとも思わなくなった」

高虎の熱が、唇から、手のひらから、近づいた体から伝わる。

「なんでもいいから、自分の興味のあることをやってみようと思った。旗江という名前に縛られない、自分のやりたいことだ。相変わらず父親との折り合いは悪かったが、楽しかった。時間がたって、『ＯＫＡＭＵＲＡ』のことも長い間忘れていたが、お前がうちを受けに来て、履歴書を読んで、唐突に思い出したんだ」

「……私もつい最近、面接の日のこと、思い出したんです」

美都はアハハと笑いながら、片腕を高虎のウエストに回す。

「よくあれで受かったなって……」

緊張した美都は面接の場で、高虎の隣に腰を下ろした。それを高虎は、特に驚きもせず、許した。

今思い出しても、奇跡だなと思ってしまうのである。

「最初は、あの『ＯＫＡＭＵＲＡ』の娘だから気になった。だがすぐにそんなことはどうでもよくなった。お前はちびすけの時から変わってなくて、人懐っこくて人に好かれるタイプで、お前の周りにはいつも人が集まっていた。俺はそれを眺めているだけで満足だった。だが『ＯＫＡＭＵＲＡ』のアップルパイを日本中に売りたいと考えていたのは本当だ。だから、お前の入社から本腰を入れて準備を始めて、ようやく今年、話を持っていけた」

「……それで、おじいちゃんから私のこと、アップルパイのついでにいらないかって言われたんですか？」

「ああ」

高虎はクスッと笑う。

「冗談なのはわかっていたがな。話を持ちかけられた瞬間、幸運が舞い降りたと思った」

「それって……」

「俺は入社してから、ずっと、お前の明るさに惹かれていたんだ。だから冗談にしてたまるかと、必死でくいついた。一時間もしたら、岡村さんもその気になってくれていた」

「うちのおじいちゃん、丸め込まれてるじゃないですか……」

「まぁ、そう言うなよ」

高虎の言葉に、美都は肩をすくめる。

確かに昭二が丸め込まれなければ、自分たちはこんなことにはならなかったのだから、これでよかったのだろう。

体を寄せ合うふたりの間に、夏の終わりを感じさせる風が吹き抜けていく。

「美都。俺と……結婚してくれないか」

「喜んで」

にこりと笑うと、高虎も笑った。

そのままそっと、美都の額に唇を寄せる。

「ありがとう」

何気ないありがとうというその一言が、美都の心を満たしていく。

「高虎さん、これからもよろしくお願いします」

きっかけはアップルパイで。

自分はおまけなのかと憤慨して。

けれど彼と過ごすうちに、旗江高虎という人を、本当に好きになった。

素直になれなくてすれ違いもあったし、これからもいろいろあるとは思うが、美都はもう、高虎のいない人生など、考えられない。

「明日、ご両親のお墓に報告に行こう」

「はい」

高虎の言葉に美都はうなずいて、胸に顔を寄せた。

結婚はゴールじゃない。スタートだと言うけれど、本当にそうだと思う。

だが美都はワクワクしていた。ふたりでスタートを切れることに、この上ない喜びを感じていた。

長い人生のゴールはうんと先だ。だがふたりでならきっと最後まで楽しくやれるだろう。

「高虎さん、楽しみですね」

「楽しみ？」

「きっといろんなことあるんだろうなーって。ふたりでいろんなこと、経験できるんだろうなって思ったら、ワクワクします！」

「本当に敵わないな……」

「え？」

高虎は苦笑して、そっと美都に顔を寄せる。

「とりあえず早く帰ろうか。今日も明日も明後日も、お前を思う存分、愛したい」

高虎の低い声が美都の体の中で甘く響く。

きっと彼は思い通りにするだろう。

そして自分もそれで幸せになれるのだ。

番外編　忠犬シバコーの悲哀

その昔、柴田がまだ東京にいた頃。社長のことを『愛想がないアンドロイド』と言い出したのは、柴田だった……らしい。

「――そうだっけか？」

ビールの入ったジョッキを持って、柴田は首をかしげる。

「そうですよ、柴田さん、あなたですよ～」

千絵がわざとらしい抑揚をつけて、隣の柴田の顔を覗き込んできた。

今日はル・ミエルの忘年会だ。シブヤデジタルビルからほど近い洋風居酒屋で、なんと社長のおごりである。そして社長は仕事の都合で、遅れて参加するとのことだった。

飲んで騒ぐのが好きなル・ミエルの面々は、開始一時間でかなり酔っぱらっていた。

「そういや、美都は？」

「ミンミン？」

千絵は隣にいたはずの美都をキョロキョロと見回す。

「いないね。トイレじゃない？」

「ふぅん」

「なに、まだ諦められないの？」

「なわけあるか」

柴田は軽く千絵を肘で突き、ジョッキの中身を飲み干した。

千絵はかつて柴田と美都が付き合っていたことを知っている。そして柴田が昔と変わらず、美都を大事な人だと思っていることも、おそらく気づいている。

（勘のいい女はこれだから困る）

だが美都は柴田の思いなど一ミリも気づいていない。あくまでも元彼で、今となってはただの同僚である。

（どうにか別れてくれねぇかな……ないな……ないだろうなぁ……ハァ……）

くだらない妄想をしていると、無性にタバコが吸いたくなってきた。バッグの中をゴソゴソすると、ちょうどタバコが切れている。柴田はダウンジャケットをつかみ、財布をポケットに入れて、居酒屋を出てコンビニに向かうことにした。

「あれ、どうしたの？」

居酒屋の百メートル先のコンビニに、なんと美都がいた。白いコートを着て、財布片手にアイスの入ったケースを覗き込んでいる。

「俺はタバコ買いに。お前は？」

「食後にアイス食べたくなって、買いに」

「このクソ寒いのに？　どんだけスイーツに前向きなんだよ、お前は」

柴田は苦笑して、美都のアイスと一緒に自分のタバコを清算する。

「えっ、いいよー！」

「いいって、アイスくらい。その代わり付き合えよ」

「うん。ありがとう」

柴田はコンビニの前で、タバコに火をつけ、美都は「寒い寒い」と言いながら袋を開けた。

パリッ、パリッとウエハースをかじる音が隣から聞こえる。

ちらりと見ると、ウエハースにバニラアイスが挟まれたそれをおいしそうにかじっている。

（小動物だな……）

「ねぇ、タバコ、まだ吸ってるの？」

柴田の視線に気がついたのか、美都が顔を上げる。

「たまにな」

前の職場で倒れてから、何度かやめよう、やめようと思っていたが、どうしてもたまに吸いたくなる。今日みたいな日は、特に。

「ミツ君は痩せてるからなー。タバコやめて、もう少し食べたほうがいいよ。脂肪は大事だよ」

「脂肪なぁ……」

わざとらしく、美都を舐めるように見つめると、

「ちょっとっ！　太ったって言いたいんでしょ！」

と、目くじらを立てられた。本気で怒っているが、面白い顔だ。

「脂肪は大事なんだろ？　まぁ確かに、氷河期が来てもお前は生き残れそうだけど」

「ううっ……ひどい……けど否定できない……アイスおいしい……」

「うまいのかよ」

柴田はクスクス笑いながら、美都を目の端で見下ろした。

実際の美都は、太ったわけではない。もともとかわいらしいタイプではあったのだが、たった数ヶ月で、目を引くほど綺麗になっただけだ。

（あー、重ね重ね、過去の俺、ダメすぎる……）

後悔しても仕方ないが、おそらく自分は当分、美都のことを引きずるに違いない。

「あっ、電話」

美都がバッグから携帯を取り出して、パッと笑顔になる。

(誰から電話か、一目瞭然だな……)

「はい、今ですね、近くのコンビニにいます。そう、奥のほうの……アイス、食べてます……いや、危なくないですから……って、あ、切れた」

美都は携帯をバッグにしまって、残りのアイスを慌ただしく口に運ぶ。

「社長、迎えに来るって?」

「えっ、あっ、うん……今、向こうに来たけど私がいないから、その、心配して……えへへ」

美都がアイスより甘い、笑顔を浮かべた。

美都は社長と付き合っていることは、社内では一応内緒にしているのだ。

(まぁ俺は、以前社長に噛みついたから、知られてることは知ってるはずだけど)

美都の甘い笑顔に、柴田は内心、ハァ、とため息をつく。

「美都」

間もなくして、ロングコートに身を包んだ高虎が姿を現した。

百九十近い長身で、目つきは悪く、恐ろしく迫力がある。あれでお菓子の輸入会社を経営しているというのだから、ギャップも甚《はなは》だしい。

（どう見たってヤクザ映画に出てくるその筋の男じゃねぇか……。コートの内側には拳銃だわ。怖すぎだっつーの）

負け惜しみでそんなことを考える。

「あ、高虎さん！」

美都はニコニコと高虎の元に駆け寄った。高虎はその一瞬、ホッとしたように表情を緩めたが、

「なんだ、柴田もいたのか」

タバコを吸っている柴田を発見して、眉根を寄せた。

「コンビニで会っただけですよ」

ジロリと睨みつけられて（いや、目つきが悪いので普通に見られただけかもしれないが）、柴田はにっこりと笑う。

「じゃあ先に行ってるね」

美都は振り返って柴田にひらひらと手を振った。

「おう」

軽く手を上げて、それに応える。

そして見つめ合う二人を見つめながら、ふと思う。

もし、昔に戻れたら。別れを切り出された時に、嫌だともっと粘っていたら。今、美都の隣に立っていたのは自分かもしれない……と。

「そういえば喪服は当分必要なさそうだ」

「持ち直されてよかったです」

美都の言葉に高虎はほんの少しだけ目を細め、

「寒くないか」

背中を丸くして、自分が巻いていたマフラーを外し、美都の首にかける。

「ありがとう。とてもあったかいです」

美都が嬉しそうに笑うと、その瞬間、高虎の顔が、ふんわりと、まるで花が咲くように優しくなった。

(おいおい……笑ったぞ……)

その瞬間、柴田は悟ってしまった。

人生にifはなく、なるようになったのがこの結果なのだと。

(誰が『愛想がないアンドロイド』だよ……)

美都を綺麗にしたのは高虎で、高虎を嫉妬させたり笑わせたり、走らせたりするのは、美都なのだ。

お互いにお互いが必要で、そして今一緒にいる。そしておそらくこれからも——。

「——柴田」

ふと、歩き出そうとした高虎が肩越しに振り返った。

「はい？」

「忘年会の締めに、俺と美都の大事な発表があるから、適当に戻ってこいよ」

そして高虎は、ニヤリと笑って歩き始める。

（大事な発表って……まさか……まさかまさか）

手元のタバコの灰が、ポロリと足もとに落ちた。

残念ながら、当分タバコはやめられそうにないようだ。

マーマレード文庫

冷徹社長がかりそめ旦那様になったら、
溺愛猛獣に豹変しました

2021年8月15日　第1刷発行　定価はカバーに表示してあります

著者　あさぎ千夜春　©CHIYOHARU ASAGI 2021
発行人　鈴木幸辰
発行所　株式会社ハーパーコリンズ・ジャパン
東京都千代田区大手町1-5-1
電話　03-6269-2883（営業）
0570-008091（読者サービス係）
印刷・製本　中央精版印刷株式会社

Printed in Japan ©K.K. HarperCollins Japan 2021
ISBN-978-4-596-01143-5

m a r m a l a d e b u n k o

本作品はWeb上で発表された『冷血社長は政略結婚を厭わない』に、大幅に加筆・修正を加え改題したものです。